倪匡奇情作品集
木蘭花傳奇
23
魔畫
（含：魔畫、死神殿）
倪匡
著

目錄

魔畫

死神殿

木蘭花傳奇

【總序】

木蘭花VS.衛斯理——倪匡奇幻系列的兩大巔峰

秦懷玉

對所有的倪匡小說迷來說，《衛斯理傳奇》無疑是他最成功、也最膾炙人口的作品了，然而，卻鮮有讀者知道，早在《衛斯理傳奇》之前，倪匡就已經創造了一個以女性為主角的系列奇情故事，甫出版即造成大轟動，《木蘭花傳奇》遂成為倪匡眾多著作中最具特色與最受讀者喜愛的兩大系列之一；只因衛斯理的魅力太過強大，使得《木蘭花傳奇》的光芒被掩蓋，長此以往被讀者忽視的情形下，漸漸成了遺珠。

有鑑於此，時值倪匡仙逝週年之際，本社特別重新揭刊此一系列，希望藉由新的編排與介紹，使喜愛倪匡的讀者也能好好認識她。

《木蘭花傳奇》是倪匡以筆名「魏力」所寫的動作小說系列。原載於香港新報及《武俠世界》雜誌，內容主要是以黑女俠木蘭花、堂妹穆秀珍及花花公子高翔三人所組成的「東方三俠」為主體，專門對抗惡人及神秘組織，他們先後打敗了號稱「世界上最危險的犯罪集團」的黑龍黨、超人集團、紅衫俱樂部、赤魔團、暗殺黨、黑手黨、血影掌，及暹羅鬥魚貝泰主持的犯罪組織等等，更曾和各國特務周旋、鬥法。

如果說衛斯理是世界上遇過最多奇事的人，那麼打擊犯罪集團次數最高的，即非東方三俠莫屬了。書中主角木蘭花是個兼具美貌與頭腦的現代奇女子，在柔道和空手道上有著極高的造詣，正義感十足，她的生活多采多姿，充滿了各類型的挑戰；她的最佳搭檔：堂妹穆秀珍，則是潛泳高手，亦好打抱不平，兩人一搭一唱，配合無間，一同冒險犯難；再加上英俊瀟灑，堪稱是神隊友的高翔，三人出生入死，破獲無數連各國警界都頭痛不已的大案。

若是以衛斯理打敗黑手黨及胡克黨就得到國際刑警的特殊證明文件的標準來看，木蘭花在國際刑警的地位，其實應該更高。

相較於《衛斯理傳奇》，《木蘭花傳奇》是入世的，在滾滾紅塵中演出令人目眩神搖的傳奇事蹟。衛斯理的日常儼然是跟外星人打交道，遊走於地球和外太空之間，事蹟總是跟外星人脫不了干係；木蘭花則是繞著全世界的黑幫罪犯跑，哪裡有犯罪者，哪裡就有她的身影！可說是地球上所有犯罪者的剋星！

而《木蘭花傳奇》中所啟用的各種道具，例如死光錶、隱形人等等，一如倪匡慣有的風格，皆是最先進的高科技產物，令讀者看得目不暇給，更不得不佩服倪匡驚人的想像力。

尤其，木蘭花等人的足跡遍及天下，包括南美利馬高原、喜馬拉雅山冰川、北極、海底古城、獵頭族居住的原始森林、神秘的達華拉宮及偏遠隱密的蠻荒地區等，讀者彷彿也隨著木蘭花去各處探險一般，緊張又刺激。

《衛斯理傳奇》與《木蘭花傳奇》兩系列由於歷年來深受讀者喜愛，書中主要角色逐漸由個人發展為「家族」型態，分枝關係的人物圖越顯豐富，好比《衛斯理傳奇》中的白素、溫寶裕、白老大、胡說等人，或是《木蘭花傳奇》中的「天使俠女」安妮和雲四風、雲五風等。倪匡曾經說過他塑造的十個最喜歡的小說人物，有三個在木蘭花系列中。白素和木蘭花更成為倪匡筆下最經典傳奇的兩位女主角。

在當年放眼皆是以男性為主流的奇情冒險故事中，倪匡的《木蘭花傳奇》可謂是開創了另一番令人耳目一新的寫作風貌，打破過去女性只能擔任花瓶角色的傳統窠臼，以及美女永遠是「波大無腦」的刻板印象，完美塑造了一個女版〇〇七的形象。猶如時下好萊塢電影「神力女超人」、「黑寡婦」等漫威女英雄般，女性不再是荏弱無助的男人附庸，反而更能以其細膩的觀察力及敏銳的第六感，來解決各種棘手的難題，也再一次印證了倪匡與眾不同的眼光與新潮先進的思想，實非常人所能及。

《女黑俠木蘭花傳奇》共有六十個精彩的冒險故事，也是倪匡作品中數量第二多的系列。每本內容皆是獨立的單元，但又前後互有呼應，為了讓讀者能更方便快速地欣賞，新策畫的《木蘭花傳奇》每本皆包含兩個故事，共三十本刊完。讀者必定能從書中感受到東方三俠的聰明機智與出神入化的神奇經歷，從而膾炙人口，成為讀者心目中華人世界無人能敵的女俠英雌。

魔畫

1 流浪漢

秋天的陽光，明媚地照在草地上，草已多少有點枯黃了，遠際的天，藍得格外透澈，秋天本就是令人神清氣爽的季節。

而這幾天，安妮的心情，也格外愉快。

她獨自緩緩地在草地上走著，她沒有什麼目的，只是走了又走，她太喜歡用自己的雙腳來走動了，那是她一直夢想著的事。

現在，夢想已變成了事實。

木蘭花等一行人，從非洲回來已有好幾天了。

回來之後的第二天，木蘭花就曾帶著安妮，到幾個著名的醫生那裡去檢查過，醫生拍了很多X光照片，結果說明，安妮脊椎上的石灰質障礙已經不存在了，也就是說，她能指揮自己的雙腿了！

但是，由於她的雙腿幾乎從小就沒有什麼運動之故，是以醫生勸她一有空，就要練習步行，同時，多服食對骨骼有補益的食物。

木蘭花曾將在非洲發生的事，詳細告訴過醫生，希望能夠找出安妮的小兒麻痺症何以會突然痊癒的理由來。如果能夠找出其中的理由，那麼，這將是本世紀最值得大書特書的事情。

因為，世上由於患小兒麻痺症而成為殘廢的人，不知有多少，至今醫藥還是無法挽救，如果找出了原因，那必是造福人群的一件好事。

可是，醫生們經過了詳細的研究，卻也說不出所以然來。

因為即使是曾深入獵頭禁地的木蘭花，對於獵頭族的一切，也是知道得太少了。木蘭花不知道剛利族人的毒箭，是用什麼劇毒的東西製成的；她也不知道那種神奇的綠色解毒液汁，有些什麼成分。

所以，他們只好將這件神奇的事，稱之為安妮的幸運，而在能用她自己的雙腳行走之後，安妮真可以說是世上最幸運的小女孩了。

安妮的臉色一直是十分蒼白的，而且，她的臉上少有笑容。但是這一切，在最近幾天之中，完全改變了過來。

她的臉色變得紅潤了，笑容常掛在她的臉上，所沒有變的是，她仍然很喜歡沉思，當她沉思的時候，她一樣喜歡咬指甲。

那天早上，木蘭花一早就出去了，只有安妮一個人在家。

一吃完了早餐，洗好了碗碟，她就開始在花園的草地上走來走去。

她已經走得有點疲倦了，天氣雖然涼，但是，在她的鼻尖上也滲出細小的汗珠來，她在噴泉旁坐了下來。

水池中的金魚一看到了她的影子，都游近來，令得水面上響起了一陣唧唧的聲響，安妮用手指逗玩著金魚，她一個人，也笑了起來。

她逗玩了片刻金魚，抬起頭來，卻不禁呆了一呆。

鐵門外站著一個人！

那人可能已經站在鐵門外很久了，只不過因為他一直站著，沒有按門鈴，也沒有出聲，是以安妮才一直未曾注意到他。

那人可能是一個流浪漢，他穿著一件白色的外衣，可是在這件外衣上，卻全是一塊一塊黃色的斑漬。他的頭髮十分長，也可能幾天來未曾剃鬍子了。

他的脅下，挾著一個長長的，用舊報紙包著的東西，當安妮抬頭向他看去時，在他滿是皺紋的乾癟的臉上，立時勉強擠出了一點笑容來。

安妮呆了一呆，她首先肯定，那是一個流浪漢，因為她在那流浪漢的眼中，看出了一個無家可歸的人才有的憂鬱。

同時，她也在那流浪漢那種擠出來的笑容上，看出他一定想向自己乞求些什麼，安妮是一個心腸十分好的女孩子，她立時向鐵門走去。

當她向鐵門走去的時候，那流浪漢的臉上，更現出高興的神色，安妮來到了他的面前，柔和地問道：「你有什麼事嗎？」

那流浪漢回頭去向身後看了一看，在他的身後根本沒有人，他的那種行動，又使安妮有一種感覺，感到那流浪漢的神情多少有點緊張。

在向後看了一看之後，那流浪漢轉回頭來，道：「我想見木蘭花小姐，請你告訴她，我是李彬，蘭花小姐應該聽過我的名字的。」

安妮不禁皺了皺眉，看來那流浪漢不單是流浪漢，還大有來歷。

從他的外形看來，他無疑是落魄到了極點。一般落魄到了這一地步的流浪漢，是連自己叫什麼名字也忘記的，可是，他卻還帶有自信，以為木蘭花會知道他的名字。

木蘭花是不是會知道他的名字，知道他是什麼人，安妮自然不知道，但是對安妮來說，李彬卻是一個很陌生的名字。是以，她搖了搖頭，道：「蘭花姐不在。」

那位自稱李彬的流浪漢，臉上立時現出了十分失望的神情來，他發出了「啊」的一聲，伸手搔了搔頭，並且一直重複著安妮的話，道：「她不在……她不在！」

安妮又皺了皺眉，道：「如果你找蘭花姐有什麼要緊的事，你不妨告訴我，如果事情不是太嚴重，我或者可以幫忙？」

安妮的性格比較柔和，如果換了穆秀珍，早已經不耐煩，更要大聲的喝問對方，究竟有什麼事情了。

李彬忙陪著笑，道：「是……是！那實在是一件小事情，你看我，完全是一個流浪漢，我晚上連睡的地方也沒有，再帶著一點東西在身邊，自然是不方便的。所以，我想將這幅畫寄存在蘭花小姐的府上，等到我有了固定的職業，再取回來。」

安妮第三次皺了皺眉，因為李彬提出的，是一個十分古怪的要求。

那個要求，的確如李彬所說，是一件小事情，將一幅畫寄存在人家的家中，那不是一件小事麼？而且，以李彬目前的處境來看，他的要求也不能算是太突兀，一個流浪漢，總不能帶著一幅畫在街頭露宿的。

但是安妮卻是個十分有頭腦的人，她迅速地思索著，然後，她問道：「一幅畫？那是什麼畫，是十分有價值的古畫麼？」

「一幅畫」，那只不過是三個字，一幅畫有可能被拋在街邊，也沒有人去拾它，但也有可能放在古董市場上，價值連城的！

李彬立時苦笑了起來，道：「小姐，你看我現在這種潦倒的樣子，怎會還有值錢的東西，這幅畫……只不過我很喜歡它而已。」

他一面說著，一面已將那幅畫，自鐵門中遞了進來。

安妮後退了一步，她已經可以看清楚，那用報紙包著的，真是一幅畫。她沒有再猶豫，便伸手將那幅畫接了過來。

她道：「李先生，我叫安妮，這幅畫，你是交給我的，將來你想要回去的時候，問我要好了，蘭花姐回來，我會講給她聽的。」

「謝謝你，安妮小姐！」李彬不住地彎腰點頭。

安妮笑道：「不必客氣，你——」

安妮本還想問他，是不是想進來坐一會，她還可以招待他一餐豐富的飯食的，可是李彬卻已轉過身，向外走了開去。

他走到公路上，靠著路邊，慢慢走遠了。

安妮在鐵門前又站了一會，看著李彬漸漸走遠了，她才轉過來。

她仍然是拿著那幅畫，她的心中在想，世界上真有些怪人，李彬不就是怪人之一麼？看來他已潦倒得身無長物了，可是他卻還捨不得拋棄那幅畫，要將它找地方寄存起來。

安妮向客廳走去，從陽光下一來到客廳中，她感到眼前暗了一暗，她來到了餐桌前，扯開了舊報紙，將那幅畫攤了開來。

那是一幅中國畫，安妮對於中國畫並沒有什麼認識，自然也看不出這幅畫的好壞來，可是那幅畫，卻立時吸引了她。

她從來也未曾見過那樣的一幅畫。

那幅畫的本身，大約有兩呎寬，四呎長。在畫的四周，約有半呎寬的絹裱，絹裱已經非常殘舊了，有的地方已破了小孔。

那幅畫上，畫著許多人物，每一個人物的高度，不會超過一吋，安妮一時之間，也說不上畫中究竟有著多少人，但至少在兩百個以上。

那些人，全在一個山谷中，那山谷中有一個湖，湖中幻出絢爛的顏色來。

中國畫所用的顏料，就是有這個優點，看來這幅畫，已有好多年了，但是畫上的顏色，看來卻還像新的一樣鮮艷。在山谷上，還有一道彩虹，彩虹的顏色，真是美麗極了。

所有的人，都穿著不同的衣服，有不同的神態，或坐，或立，有的還躺在山石上，有的圍成了一團，也不知他們在做什麼。

那的確是一幅十分奇怪的怪畫！

畫上沒有題字，也沒有畫家的簽名和印鑑。

安妮站在桌邊，看了很久，直到站得她的雙腿有點發酸了，她鬆開了手來，在椅子上坐了下來。而那幅畫，一定是長期被捲著的，所以安妮一鬆開來，它又自動地捲成了一卷。

安妮的心中升起了好些疑問來，她的第一個疑問是：那個李彬，究竟是什麼人？她的第二個疑問是：李彬將這幅畫放在這裡，是不是有別的用意？第三個疑問……

但是安妮卻沒有再往下想去。

因為這時候，不論她如何想，她只是在憑空揣測而已。只要等木蘭花回來，一知道了李彬究竟是什麼人，問題也就可以迎刃而解了。

安妮坐了一會兒，將畫捲好，放在桌上，她又回到了花園中，在秋日的陽光下，來回走著。

到了中午時分，她老遠看到木蘭花駕著車子回來了，她就來到鐵門前，將鐵門推了開來。

木蘭花駕著車，直駛了進來，笑道：「安妮，今天的情形怎麼樣？」

安妮伏在車上，道：「好極了，我想我已和常人一樣了，蘭花姐，什麼時候才帶我去爬山？」

木蘭花搖著頭，道：「別胡說，至少要三個月以後！」

木蘭花從車中跳了出來，握著安妮的手，兩個人一起走進了客廳中。

木蘭花一眼就看到了桌上的畫，她道：「那是什麼？」

「一幅畫。」安妮立時回答。

木蘭花笑了笑，她顯然沒有在意，桌上有了一幅畫，那本來就是很普通的事，是以她也未曾再問下去。

安妮側著頭，問道：「蘭花姐，你認識一個叫李彬的人？」

「李——彬？」木蘭花反問。

「是的。」

木蘭花皺起了眉，想了片刻，道：「不記得這樣一個人了，為什麼你會提起這樣一個人來？可是他曾經來過這裡麼？」

「是，他看來像是一個流浪漢，他說他叫李彬，你認識他，他要將一幅畫寄存在我們這裡，我答應了他，他就走——」

安妮的話，只講了一半便突然停了下來。

因為在這時候，她突然看到了木蘭花的神色變了一變，而且，木蘭花立時轉過身子，她幾乎是撲向那張餐桌的。

一到了桌邊，她展開那幅畫來，看了一看，然後鬆開手，畫又捲成了一卷，木蘭花並沒有轉過身來，只是背對著安妮站著。

安妮也沒有再出聲，她知道一定是有什麼事發生了，自然，發生的事和那李彬，和這幅畫，有著莫大的關聯。

足足過了半分鐘之久，在那半分鐘之中，安妮的心中驚異不定，因為，她實在想不透，究竟是為了什麼，使木蘭花感到了如此巨大的震驚。

木蘭花終於轉過身來了，她面上的神色十分嚴肅，她像是在自言自語，道：「李彬，就是那個李彬……」

然後，她突然提高聲音，道：「安妮，那個李彬，看來大約有多少歲？」

「大約是五十多歲，蘭花姐，他是——」

安妮的話再一次被打斷，這一次，是木蘭花擺了擺手，示意她別再說下去的，木蘭花慢慢向前走來，雙眉緊蹙，道：「他今年應該是五十六歲。」

安妮實在按捺不住心中的好奇心，她道：「你真是認識他的？」

「我不認識他，但是我聽說過他，他做那件幾乎無人不知的事情那年，是二十四歲，現在，已經三十二年過去了。」

安妮呆了呆，「一件幾乎無人不知的事！」

這真是難以想像的，一個如此骯髒、潦倒的流浪漢，難道也能做出一件無人不知的大事來？

安妮忙問道：「那是什麼事？」

木蘭花握著安妮的手，拉著安妮，一起坐了下來，她緩緩搖著頭，像是這件事，她也還有許多不明白的地方一樣。

安妮用焦急的眼光望著木蘭花，但是木蘭花卻一直不出聲。過了好久，木蘭花又站了起來，她來到電話機旁，撥著電話。

安妮又不由自主地咬起指甲來。

木蘭花的行動很怪異，往常，有什麼電話要打，木蘭花總是叫她去打的，但是現在，木蘭花卻自己去打電話，那表示這電話出奇地重要。

而且，當安妮看著木蘭花撥動電話號碼時，她看到了木蘭花撥出的是一個陌生的電話號碼。

安妮有著超人的記憶力，她幾乎記下了木蘭花經常往來的人的所有電話號碼，一個電話，她只要打過一次，她就不會忘記！

她和木蘭花在一起，已有一年多了，而木蘭花這時所撥的一個號碼，卻是陌生的，也就是說，在這一年多之中，木蘭花從來未曾打過這樣一個電話。

安妮一面咬著手指甲，一面全神貫注地望著木蘭花。

電話鈴響了很久，才有人來接聽，木蘭花問道：「是王五飯店麼？我找王五，是的，噢，你就是，王五叔，有一件事麻煩你！」

安妮睜大了眼，木蘭花在這時候，打電話給一個開飯店的，叫作王五的人，那是為了什麼？這實在太令人疑惑了。

安妮和穆秀珍不同，在那種情形下，穆秀珍一定會發出連珠炮似的一連串的問題來，但安妮卻只是咬著指甲不出聲。

木蘭花接著又道：「我想來看看何媽媽，請你先去向她老人家問一聲，是不是歡迎我來，我有一件事想請教她老人家，好的，我等著。」

木蘭花提到了「何媽媽」，安妮根本不知道那「何媽媽」是什麼人，但是木蘭花在提及她的時候，口氣卻十分尊敬。

木蘭花在電話旁等，安妮也不出聲，足足等了十分鐘之後，木蘭花只是微蹙著雙眉，像是在思索著，而那十分鐘，對安妮來說，實在是太久了！

然而，安妮也有著足夠的耐性，她仍然一聲不出。

一直到了十分鐘後，電話那邊，才有了聲音，接著，她聽得木蘭花說道：

「好的，我們立刻就來，真麻煩你了，王五叔，你還是那麼腿快！」

安妮只聽得電話的那邊，傳來了一陣爽朗的笑聲，而木蘭花已放下了電話，道：「安妮，拿起那幅畫，我們去見一個人！」

安妮捲起了那幅畫，她仍然沒有說什麼，因為她知道，木蘭花如果不想說的時候，自己就算再問她，也是沒有用的。

她們一起走出了客廳，上了跑車，駛出了花園，安妮下了車，將鐵門鎖上，木蘭花駕著車，向通往郊區的公路駛去。

木蘭花將車開得十分快，半小時後，車子在一個市墟前停了下來，木蘭花和安妮下了車，市墟中來往的人很多，也有不少都市來的旅客。

木蘭花帶著安妮，走在狹窄的街道上，不一會，安妮就看到了「王五飯店」的招牌。

那是一間小得可憐的飯店，店門口，放著兩隻大鐵盆，鐵盆裡養著很多活魚，木蘭花才到店門口，一個中年人就迎了出來，那個中年人又高又瘦，滿面灰塵。

木蘭花叫道：「王五叔！」

那中年人「呵呵」笑著道：「蘭花，你這人，什麼都好，就是有一樣不好，到現在還不肯嫁人，你年紀不算小了啊！」

安妮從來也未曾聽得有人對木蘭花講過那樣的話，那個看來像鄉下人一樣的中年人，一定和木蘭花有著十分密切的關係，所以才會那樣講的。

木蘭花粲然一笑，道：「是啊，倒要王五叔操心了！」

那中年人笑了起來，轉過臉，向安妮望來，安妮也叫了一聲，道：「王五叔！」

王五叔點著頭，木蘭花道：「她是安妮。」

「我知道。」王五叔點著頭，「我雖然住在鄉下，但是鄉下也有報紙，在報紙上，我時時可以知道你們的消息，秀珍好麼？」

「好，」木蘭花回答著，同時，她向安妮解釋著：「王五叔是我們的老鄰居，他是看著我和秀珍長大的，是不是，王五叔？」

「當然是，秀珍啊，小的時候才淘氣啦，什麼古怪事都做得來，有一次，取了炮仗中的火藥，塞進我的旱煙袋！」

安妮笑了起來，穆秀珍自小就淘氣，那是可以想像得到的事情。

木蘭花走了兩步，壓低了聲音，問道：「王五叔，你是不是和我們一起去看何媽媽？」

「有什麼大事？」王五叔低聲問。

「李彬今天來了。」木蘭花道：「就是天地堂的李彬！」

王五叔像是突然吃了一驚，張大了口。

「而且，他還帶來了一幅畫。王五叔，這幅畫，我想就是李彬當年在天地堂中偷走的，他說，要將畫寄存在我這裡！」

王五叔的神情更吃驚了，他立時向安妮脅下指了一指，道：「我的天，小蘭花，你不是將這幅畫帶著，到處亂走吧。」

安妮在一旁，睜大了眼睛，因為在那片刻間，她明白到了許多從未聽到過的名詞，自然包括「天地堂」和有人稱呼木蘭花為「小蘭花」在內。

木蘭花道：「是的，就是這幅畫，事情已隔了三十多年，我想，沒有問題了吧。」

王五叔搖著頭，道：「那可難說得很，來來，我們一起去見何媽媽！」

王五叔轉身走進店堂，店後是一個用竹籬圍住的院子，院中養著很多雞。

王五叔推開了竹籬的門，向前走去。他們走的，是一條羊腸小路，小路旁，蒲公英艷黃的花朵，在陽光下看來，格外惹目。

他們一直向前走著，王五叔越來越快，將木蘭花和安妮拋得老遠，一直來到了三株大榕樹之下，王五叔才停了下來，等著她們。

安妮勉力開步走著，她喘著氣，道：「蘭花姐，王五叔走得好快。」

木蘭花道：「他是出名的快腿，他曾有一天一夜走三百五十里路的紀錄，他在年輕的時候，人人叫他飛腿王五！」

「那時，他是做什麼的？」安妮好奇地問。

木蘭花笑了笑，道：「什麼都做，路見不平，拔刀相助。他是一個俠客，自然，現在，他只是一個小飯店的主人，過去的已過去了。」

安妮其實不怎麼明白，但是她還是點了點頭，因為她多少也有點明白的，穆秀珍曾和她講起過許多這種江湖俠義兒女的故事。

安妮又問道：「那麼，那位何媽媽呢？」

木蘭花皺了皺眉，道：「安妮，這位何媽媽，是一位脾氣十分古怪的老人家，你最好別說什麼，除非是她問你，明白麼？」

2 啞謎

安妮點了點頭，她們也已來到了那三株榕樹下，有一道小河從榕樹下流過，河上有一道已經很殘舊的木橋，過了木橋便是一個小村落。

那小村落只有十幾戶人家，但是倒還算整潔，房子也全是磚房，他們過了那木橋，王五叔仍走在前面，一直來到村尾的一幢屋子之後。

那屋子之後，是一個大院子，種著許多花，大多數是菊花，開著各種顏色的花朵，在秋陽中看來，似乎益發地艷麗。

院子中，有兩個小孩子在嬉戲，一看到有人來，那兩小孩便睜大眼睛，叫了起來，道：「奶奶，有人來啦！有人來啦！」

王五叔笑笑道：「小孩子，別大聲嚷叫！」

他一面說話，一面推開竹籬的門，走了進去，只見從房中走出一個白髮如銀的老婆婆來。那老婆婆看來，至少在七十歲開外了！

可是她的精神卻十分好，面色通紅，她的手中雖然拄著一根枴杖，但是腰板挺直，那根枴杖，對她來說，顯然只是裝飾品而已。

木蘭花一看到那老婆婆走了出來，便迎了上去，叫道：「何媽媽！」

那老婆婆瞇著眼，望著木蘭花，忽然道：「秀珍為什麼不來？她嫁了人，就忘了我這老婆婆了？也不將她男人帶來給我瞧瞧！」

木蘭花笑了起來，道：「她不敢來，她怕你老人家瞧著她的男人不喜歡，用枴杖打他！」

老婆婆笑著，道：「見她的鬼，聽說，她嫁的是『湖洲神偷』雲旋風的第四個兒子，如果是，那也真算是門當戶對了！」

安妮又聽到很多聞所未聞的話，例如「她的男人」，「門當戶對」，這是安妮無法瞭解的一種觀念，她就算想說話，也無從說起。

從那老婆婆到安妮，真的相差了大半個世紀，相差大半個世紀的人，觀念自然是無法統一起來的。

木蘭花道：「是啊，何媽媽，雲神偷你是熟悉的了？」

「當然熟悉，我們還曾一起做過案子，呵呵，」何媽媽得意地笑著，「不過，過去了，這些事，提起來也發霉了，還是不說的好。」

神偷雲旋風的事，安妮倒是聽穆秀珍提起過，那是雲氏兄弟的父親，也是一個傳奇人物。而何媽媽竟說，她曾和雲神偷一起做過案子，那麼，她也是一個傳奇人物了。這又應該是多少年前的事情了？

安妮自然知道，白髮蒼蒼的老婆婆，也有年輕的年代，也有過燦爛的年華，但是安妮卻全然無法想像，因為那究竟太遙遠了！

木蘭花自安妮的手中，接過那卷畫來，道：「何媽媽，我們進屋去，我給你看一樣東西，你一定有興趣的。」

何媽媽直到這時，才向安妮望了一眼，道：「這小丫頭是誰？」

木蘭花道：「她可說是我和秀珍的妹妹，她叫安妮。」

何媽媽走過來，拉住了安妮的手，目不轉睛地打量著安妮，看了足有一分鐘之後，才道：「丫頭長得倒機伶，只是身體弱些，婆家不喜歡。」

木蘭花忍住了笑，她並不去駁何媽媽問話，駁也駁不來的，因為在何媽媽眼中，根深蒂固地相信，女人最要緊的，是要婆家喜歡！

安妮更不知怎麼回答才好，她只是盡量保持著微笑，何媽媽轉過身去，道：「來，給我看看，你帶來了什麼東西。」

他們一起走進了屋子，屋中有一張方桌，木蘭花將畫放在桌上，何媽媽「噢」地一聲，道：「原來是一幅畫啊！」

她一面說，一面順手在桌上的針線籃中，取出了一副老花眼鏡戴上，而木蘭花也在這時，慢慢地將那幅畫展了開來。

當木蘭花將那幅畫展開一半的時候，何媽媽的臉上已經現出十分吃驚的神色來，當全展開之後，她吸了一口氣，雙眼盯住了畫，道：「小蘭花，你是從什麼地方得到這畫的，快拿火來，讓我將這幅畫燒了，快拿火來！」

她年紀雖然大，但是叫起來，聲音仍然很響亮。只不過她一面叫的時候，一面揚著手，她的手卻在劇烈地發著抖。

木蘭花忙道：「何媽媽，這幅畫，是不是天地堂的？」

何媽媽並不回答，只是叫道：「王五叔，你還站著做什麼？快去拿火來，燒了這幅畫，那是最不祥的東西，那是——」

她喘了一口氣，才道：「那是一幅魔畫！」

木蘭花的面色，也變得十分凝重，她急急地捲起了那幅畫，道：「何媽媽，你肯定這幅畫是天地堂的了？一點不假了？」

何媽媽剛才在一看到那幅畫的時候，神情異乎尋常地激動，但這時，她卻已漸漸回復了正常，她道：「是的，天下沒有第二幅那樣的畫，你從哪裡弄來的？」

「是李彬帶來的。」

「李彬，這畜牲！」何媽媽用力一掌拍在桌上，「這畜牲怎麼還不死？他偷走了這魔畫，照說，他一定早已死了！」

木蘭花淡然地笑著道：「但是事實上他沒有死，因此可知道這幅畫並沒有什麼特別的魔力，只不過是另有秘密而已。何媽媽，我來看你，就是想請你詳細說說這幅畫的事情！」

何媽媽卻搖著頭，看她的樣子，像是十分惱怒，她瞪著眼，道：「沒有什麼好說的，當年為了這幅鬼畫，死了那麼多人，還有什麼好說的？」

木蘭花沒有出聲，屋子中登時靜了下來。

足足過了兩三分鐘，才聽得何媽媽又道：「天地堂是一個大組織，你是知道的，它的規模十分大，這幅畫，就是這個大組織的靈魂！」

何媽媽的話，不但安妮聽得莫名其妙，木蘭花也皺起了眉。何媽媽指著那幅畫，道：「我也不知道何以這幅畫那麼重要，但是當這幅畫和李彬一起失蹤之後，組織中都亂了起來，從此你爭我奪，互相殘殺，不幾年就煙消雲散了！」

木蘭花仍皺著眉，道：「可是，那一定有原因的。」

何媽媽哼了一聲，道：「可能是，但是，多麼可惜啊，我那時認識了一些人，本來全是肝膽相照的鐵漢，然而後來，你懷疑我，我懷疑你，在長江邊上的那一場火拚……別說了，快將那幅畫帶走，別再來惹我，讓我安靜安靜，我不想再提起以前的事！」

何媽媽一面說著，一面重重地拍著桌子。

木蘭花迅速地捲起那幅畫，她抱歉地道：「何媽媽，真對不起，我來打擾了，我會去找李彬，我想弄清楚這件謎一樣的事！」

何媽媽又拍了一下桌子，道：「小蘭花，那事情發生在三十多年之前，和你一點關係也沒有，你最聰明的辦法，就是放一把火將它燒掉！」

木蘭花的神色十分平靜，她搖著頭，道：「不，何媽媽，你不必騙我了。我知道，這幅畫，和我有著很大的關係！」

木蘭花那兩句話才一出口，何媽媽的臉色就變了，她怔怔地望著木蘭花。

安妮的心中更是詫異，睜大了眼睛，叫道：「蘭花姐！」

木蘭花向安妮擺了擺手，叫她別再說下去。

安妮不禁苦笑了起來，她自然可以忍住了不發問，但是，她卻沒有法子排除心中的疑惑，因為，她無論如何想不出那幅畫和木蘭花有什麼關係。

她曾聽得木蘭花說過，這幅畫失蹤已有三十二年了，除非木蘭花已經超過三十二歲，不然，那幅畫和她又有什麼關係？

但是，木蘭花是絕不可能超過三十二歲的！

屋子中立時又靜了下來。

何媽媽最先打破沉寂，她緩慢地道：「原來你早已知道了？」

木蘭花點著頭，道：「是的，我在小時候，聽兒島師父說起過，兒島師父是我父母的好朋友，他曾說過，我父母是被人害死的。我並不太將私人的恩怨放在心上，冤冤相報，是最沒有意義的，但是，究竟是怎樣一回事，我卻想弄清楚！」

木蘭花的話，說得十分堅決，在她的語言中，含有一種絕無商量妥協餘地的力量，何媽媽望著她，仍然一聲也不出。

木蘭花續道：「我還知道，我父母、叔叔，就是為了這幅畫，不想捲進血腥的殘殺之中，才遠走他鄉的，但是人家還是追了上來。」

何媽媽突然長嘆了一聲，道：「是的，你說得對，當年，你父母和秀珍的父親，全是英雄人物，很得江湖中人的尊敬，可是那幅畫失蹤之後，不知怎地，人家都說是你父親指使李彬將畫偷走的，李彬當時年紀輕，不該有那麼大的膽子，你父母和叔叔一氣之下，就遠走他鄉，王五便是當年和他們一起走的。」

木蘭花向王五叔望去，王五難過地低下了頭。

他用乾澀的聲音道：「穆大哥和穆二哥真是響噹噹的好漢，他們是絕不會做那樣的事情的，但他們也看出那幅畫不見之後，會有大亂，所以早走了。果然，火拚、殘殺的消息，不斷地傳來，我們銷聲匿跡，住了將近十多年，你和秀珍兩人就是那時出世的，真想不到，他們避了十多年，仍然避不過去！」

何媽媽突然提高了聲音，道：「蘭花，你或許不知道，來找你父母、叔叔麻煩的人，他們也死了，全都死了。那是我事後聽人說的。」

木蘭花臉上的神色十分平靜，她道：「何媽媽，你還是不明白我，我絕不是對我父母的死耿耿於懷的那種人。他們生活在那種時代，過的又是那樣的日子，很難判斷出誰是誰非，現在時代進步了，人的觀念也改變了。現在，計較、冤冤相報，是一種很狹窄可笑，沒有知識的觀念。」

何媽媽眨著眼睛，雖然她對於木蘭花的話，不是十分瞭解，而木蘭花也沒有向他們進一步地說明，她只是繼續道：「現在，那幅畫又出現了，而且落在我的手中，我只想知道兩件事，何媽媽，那是你必須告訴我的！」

何媽媽嘆了一聲，道：「好，哪兩件？」

木蘭花將聲音放得低沉而遲緩，她道：「第一件，那幅畫中，究竟有什麼秘密，以致失去了那幅畫後，天地堂會產生那樣的大混亂？」

何媽媽吸了一口氣，道：「這件事，知道的人實在不多，常言道，鳥為食亡，人為財死，這幅畫，和一筆巨大的錢有關聯。」

木蘭花奇道：「怎麼會？」

何媽媽道：「一點不假，那還是很久以前的事了。那時候，日本人打中國，戰局動盪，人人自危，天地堂的錢財很多。那時，掌財政的，是你的叔叔，就是秀珍的父親，他為人性如烈火，最是忠直，大家都相信他，所以，將一大船金銀寶貝，託他運到妥當的地方去。他選了六個人和他一起去。他去了兩個月回來，將這幅畫交了出來，告訴大家，畫是他畫的，金銀寶貝藏在什麼地方，看這幅畫就可以知道。」

木蘭花不禁苦笑了一下，聽何媽媽的敘述，傳奇的味道實在太濃了，但是，在三四十年之前，這樣的事，又的確會發生的。

何媽媽歇了一歇，又道：「於是，這幅畫便被懸在堂上，雖然人人都可以看得到，但是為了避嫌，卻誰也不敢去細細察看它，直到有一天，有人想偷這幅畫，被警衛發覺，一槍打死，人人都說那是不祥的畫，誰碰到了它，都不會有好結果的。」

木蘭花用心地聽著，何媽媽的雙眼望著門外，門外是一片盛開的菊花，但是從何媽媽臉上的神情看來，她像是看到了古老巍峨的大堂，滔滔的江水，經年的歲月，那些血性的漢子，她像是完全回到了幾十年之前的那種日子和生活之中！

她又道：「在那件事以後的一個月，日軍迅速南下，人心惶惶。突然，在一天早上，那幅畫不見了，李彬也失蹤了。那時，正是組織最需要這筆錢用的時候，畫突然不見了，等於失去了組織中十之八九的財富，自然一下子亂了起來。」

木蘭花笑了一下，道：「在那樣的情形下，平時的信任消失了，人與人之間變得互相不信任，互相殘殺起來了？」

何媽媽現出痛苦的神色來，點了點頭。

木蘭花深深地吸了一口氣，道：「何媽媽，你和我叔叔是好朋友，你可曾聽得他說起過，這幅畫的秘密，究竟是怎樣的？」

何媽媽搖著頭，道：「沒有，你叔叔是一個十分正直的人，我相信他對你父親也未曾提起過這幅畫的秘密，知道畫中秘密的，只有他和另外六個人，據我所知，所有的人全已死了。蘭花，金銀寶貝有什麼用？現在，拿到我面前來送給我，我也不要！」

木蘭花點點頭道：「是的，送給我，我也不要，但那是一筆財富，用在社會上，卻可以做得很多事情，我總得追查一下。」

何媽媽搖著頭，道：「你查不出來的，誰知道這樣的一幅畫，是什麼意思？我看過不知多少次，也猜不出畫的是什麼，我還一個一個數過那些人，我現在還記得，一共是兩百三十七個人，好了，你剛才說兩件事，第二件，又是什麼？」

木蘭花立即道：「第二件事，我想知道，現在，在事隔那麼多年之後，還有誰對這幅畫表示關心的？」

何媽媽皺著眉，道：「只怕沒有什麼人了。」

王五卻壓低了聲音，道：「蘭花，有一個人，你倒是不能不提防，這個人，他是天地堂的敗類，他投降了日本人，後來，又溜到南洋去，有人在南洋看到過他，說他表面上雖然是富商，但是，他卻在做著強盜的勾當，而且他還擁有兩艘舊軍艦！」

何媽媽罵了一聲，道：「是誰？」

王五道：「他就是一直和穆大哥作對的那個曾瞎子！」

何媽媽一聽得「曾瞎子」三字，又破口大罵了起來。

木蘭花呆了一呆，道：「五叔，曾瞎子，可是瞎了左眼的曾保？」

王五叔點頭道：「不錯，他叫曾保。」

木蘭花道：「我知道他，曾保不但是一個海盜組織的首領，而且還控制著一個龐大的犯罪機構，國際警方幾次將它的資料送到本市警局來，我看過。」

王五道：「這個人是要小心提防的，但是他也未必知道這幅畫又出現，只要你不到處去說，他是不會來找你的！」

木蘭花笑了一笑，並沒有說什麼。

何媽媽和王五兩人，可能不知道木蘭花這樣一笑是什麼意思，但是在一旁的安妮，卻再清楚也沒有了，她知道，木蘭花那樣笑著，是表示她的心中，非但不怕那個叫作曾保的人來找她，而且，她還會主動地向對方挑戰。

木蘭花將畫挾在脅下，道：「何媽媽，我告辭了，真抱歉，我又使你想起了當年的事，打擾了你平靜的生活。」

她說著，拉了拉安妮，一邊退出了屋子。

王五立時追了出來，何媽媽則在屋中長嘆了一聲。

王五、木蘭花和安妮三人，走過了那座木橋，順著小路，回到了王五的屋中。

王五力邀木蘭花在屋中吃一餐飯，可是木蘭花卻急於要回去，王五的神情快快，木蘭花現出抱歉的神色來，王五一直送她們到車旁。

在木蘭花上車之前，王五喟嘆著道：「蘭花，在報上看到你的事蹟，你真了不起，我們實在落伍了，不適合時代，只好在鄉下開間小飯店了。」

木蘭花笑著，道：「五叔怎麼忽然感嘆起來了？你和何媽媽現在生活得那麼平靜，有什麼不好？」

王五笑了笑，道：「是啊，真夠平靜的了，想起以前的日子裡，真像是做了一場惡夢一樣。蘭花，這幅畫的事，你最好不要張揚。」

木蘭花道：「五叔，我自有主意的。」

王五笑得有點無可奈何，他道：「你從小就有主意，可是，據我所知，那一筆財富的數字，十分驚人，如果又引起了爭奪……」

王五的話沒有說完，但是木蘭花完全可以明白他的意思，木蘭花道：「我明白，這幅畫的本身，我想不怎麼重要了，李彬有了它三十年，也未曾找到什麼線索！」

王五恨恨地說道：「是啊，他枉作了小人，曾保——」

木蘭花搖著頭，她知道，她的話如果說出來，王五一定很傷心，但是她還是道：「五叔，就算不是李彬偷走了那幅畫，天地堂一定也不會有好結果的。時代不同了，在今天，有民主政治，有法治社會，像天地堂那樣的組織，不是淪為犯罪的組織，就是阻礙了社會的進步，是絕對沒有存在的條件的了！」

王五睜大了眼睛，他喃喃地道：「我……不明白。」

木蘭花和他揮著手，進了車子，車子先向後退去，然後轉了一個彎，向前疾馳而去，安妮轉過頭去，看到王五叔仍然呆呆地站著。

木蘭花一直不出聲，回到家中之後，她道：「安妮，請高翔來。」

她一刻也不耽擱，將那幅畫釘在牆上，怔怔地望著那幅畫。

那幅畫的確十分奇特，尤其是那種五顏六色，絢麗的色彩。木蘭花用心地數著畫上的人，一個接一個數過去，何媽媽說得不錯，不多不少，一共是兩百三十七個人。

這樣的一幅畫，自然是用極其縝密心思的一個畫謎，指示出當年南運的那批財寶，是收藏在什麼地方的。

可是，要揭開這個畫謎，當真談何容易！

至少，偷走了那幅畫的李彬，就未曾解出謎底來。

高翔來了，他揚著手，滿面笑容地進了客廳。

木蘭花立時道：「高翔，你過來看看這幅畫，你知道它的來歷麼？」

高翔來到了畫前，道：「這畫的顏色好奇怪啊！」

木蘭花退後了一步，高翔看了半晌，道：「不知道，這是什麼畫，我從來也未曾聽得人說起過有那樣的一幅古畫，那究竟是什麼？」

木蘭花道：「這就是天地堂的魔畫！」

如果高翔竟未曾聽到過天地堂魔畫的傳說的話，那麼，他也不能算是高翔了。是的，木蘭花那句話一出口，高翔就嚇了一大跳！

他立時道：「蘭花，你不是在開玩笑吧！」

「當然不是，而且，這幅畫還是李彬親手拿來的。他拿畫來的時候我不在，是安妮收下來的。他說是將畫寄在我這裡，但我已知道他是另有作用的了。」

高翔忙道：「什麼作用？」

木蘭花道：「先坐下來再說。」

他們三人，一起坐了下來，木蘭花將自己看到了那幅畫之後，怎樣去拜訪何媽媽的情形，詳詳細細地向高翔說了一遍。

高翔用心地聽著，等到木蘭花講完，他才直了直身子，道：「安妮，你也見到何媽媽了？她是三十年前，最著名的女俠盜！」

安妮有點難以想像，她只好點點頭。

高翔又道：「那你現在準備怎樣？」

木蘭花道：「我自然希望可以將那筆財寶找出來，那是極其驚人的財富，用在社會上，可以使許多人受益，何必讓它無聲無息地被收藏著？」

高翔搖著頭，道：「蘭花，當年，人人都懷疑那是令尊兄弟的主意，如果現在，再經你的手，將那筆財富找了出來……」

木蘭花不等高翔說完，就爽朗地笑了起來，道：「高翔，過去的事情，讓它去發霉好了，別說現在已沒有多少人知道這件事，就算有人知道，我還要做對社會有助益的事情，誰有興趣去理會幾十年之前的陳年舊賬，你說對不對？」

高翔由衷地道：「蘭花，我真佩服你的心胸！」

木蘭花微笑著道：「現在，第一件事，就是要找到李彬。安妮，你見過李彬，你憑記憶，將他的樣子畫出來，交給高翔！」

安妮答了一聲，立時奔了上樓梯。

十分鐘後，她便拿著李彬的畫像，走了下來。

高翔接過來一看，道：「不難，要找這樣的一個流浪漢，太容易了，我相信在日落之前，一定可以將他找到的，找到了之後——」

「帶到我這裡來。」木蘭花說。

高翔站了起來。又向那幅畫看了一眼。

他攤了攤手道：「蘭花，這幅畫被人稱作為『魔畫』，倒也不無道理，我覺得它對人，似乎有一種異樣的吸引力！」

木蘭花笑道：「吸引你的不是畫，而是畫中的啞謎！」

高翔道：「還有，是打破了啞謎之後的巨大財寶！」他一面說，一面走了出去。

木蘭花將椅子移到畫前，她就坐在那椅子上，一動也不動地望著那幅畫，就像是著了魔一樣。

安妮不停地在客廳中走來走去，她在過了將近一小時之後，才道：「蘭花姐，要不要請秀珍姐也來看看這一幅畫？」

「不要去驚動她。」木蘭花簡單地回答。

「可是，那幅畫是秀珍姐的爸爸畫的！」

「那有什麼關係，二叔在畫了這幅畫之後十多年，秀珍才出世。」木蘭花的雙眼，仍然未離開那幅畫，同時，她的心中也在急速地轉念著。

這幅畫中，藏著一個啞謎！

而這個啞謎，關係著一筆驚人的財富。

木蘭花望著那幅畫的時間，已不能算少了，但是想起李彬對著那幅畫，足足過了三十年，仍然一無所得，她那一兩小時，實在太微不足道了。

木蘭花對於她的父母和二叔，幾乎已沒有什麼印象了，因為當年變故時，她和秀珍都小得幾乎什麼事情也不懂。

所以，她也根本無法從她二叔的性格上來揣摩那幅畫中的含意，她只好就那幅畫來研究，但是，她卻找不出頭緒來。

天色漸漸黑了，木蘭花仍然望著那幅畫，也不著電燈，在黯淡的光線之下看來，那幅畫好像增加了一重神秘的氣氛。

木蘭花注意到，那山谷的形狀很奇特，可能不是虛設的，而是一個實實在在的山谷，但是，那山谷是在什麼地方呢？

天色更黑了，木蘭花站了起來。

當她站起來的時候，她才發覺，不知在什麼時候，安妮也已開始在怔怔地注視著那幅畫了，看來，那幅畫的確有著一種魔力。

木蘭花並沒有打擾安妮，因為她知道安妮的思考力十分強，而且，自己對這幅畫所知的，不會比安妮多多少，或許，她能夠解開畫中的啞謎的。

木蘭花著亮了燈，安妮才伸一伸懶腰，搖著頭，揉著眼睛，就在這時，鐵門外傳來了剎車聲，安妮忙向門外奔去。

高翔已經下了車，和高翔一起下車的，是一個看來很瑟縮的人，安妮一眼就認出來，那人正是日間送畫來的流浪漢李彬！

高翔估計得不錯，在日落之前，就可以找到李彬的。

高翔帶著李彬走了進來，道：「我們是在火車站附近找到他的，他和一大群流浪漢在一起，看來，他真是潦倒非常了。」

木蘭花望著李彬，李彬是一個十足的流浪漢，誰也想不到這樣的一個流浪漢，當年曾經引起過那麼巨大的風波！

而李彬在一走進來之後，雙眼就定在牆上所掛的那幅畫上，在他滿是皺紋的臉上，現出了一種表示深切痛苦的苦笑來。

木蘭花道：「請坐，李先生，你需要什麼？」

李彬的手在微微地發著抖，他道：「酒……我要酒。」

木蘭花向安妮望了一眼，安妮轉身，取了一瓶酒，一隻杯子來，放在李彬的面前，他倒了一滿杯，兩口就喝了個乾淨。

高翔立時道：「李先生，我們還有很多話要談，你別喝得太醉了。」

李彬忙道：「不會，不會的！」

他偏著頭，像是有意不去看那幅畫，可是那幅畫對他來說，顯然已有著無比的吸引力，是以他還是忍不住要去看它。

他終於嘆了一口氣，低著頭。

木蘭花在他的對面，坐了下來，道：「李先生，你保有這幅畫已經三十二年了，對不對？為什麼你忽然肯放棄它了？」

李彬仍然低著頭，不出聲。

木蘭花又道：「你高興回答，或者不高興回答，那都是你的事，但是我要提醒你，如果你說了，我們需要的是實話！」

李彬苦笑了一下，他又為自己倒了一杯酒，道：「到現在，我也沒有說謊的必要了，那天，我在機場附近行乞，看到了曾瞎子。」

木蘭花和高翔兩人，迅速地互望了一眼。

高翔立時道：「那是上個星期的事，是不是？警方曾接到報告，說曾保來到本市，但是他是持正當理由的，警方也無法干涉。」

「是上個星期的事。」李彬回答，「我也想不到會看到他，我和他已多少年不見面了，但是我還可以認得出他來。」

「他也認得你？」木蘭花問。

「我不能肯定，但是當我向他討錢時，他回過頭來，望了我一眼，我立時認出他是什麼人來時，自然吃了一驚，他好像也呆了一呆，那時，他的身邊還有很多人，立時叱喝著將我趕走了，我以後再也不敢到飛機場的附近去了。」

李彬的手發著抖，他在拿起了杯子之際，將酒潑出了不少來。

「為什麼？」木蘭花的問題很簡單。

「我怕再次遇到他，而我，……如果死在街頭，只不過和死了一隻老鼠一樣，我雖然潦倒，但卻還不想死。」

木蘭花望定了李彬，緩緩地道：「我明白了，李先生，你那麼怕他，是因為你曾做過對不起他的事情！」

李彬的身子立時一震，他的面色也變得極其蒼白。

他點著頭，道：「是的，當年，就是他指使我去偷這幅畫的，可是我……我在到手之後，卻沒有將畫交給他，而自己帶著畫溜走了。」

李彬說到這裡，突然掩面哭了起來，道：「當時，我是財迷了心竅，蘭花小姐，我絕未曾料到，人人都會怪是穆大哥和穆二哥指使我做的！」

木蘭花沉著聲道：「過去的事不必說了，你保存了這幅畫那麼久，可曾在這幅畫上研究出什麼名堂來？」

李彬抹著眼淚，道：「如果研究出名堂來的話，蘭花小姐，我還會像現在那樣子麼？那些財寶，蘭花小姐，光是金塊，就有八十多箱！」

「多大的箱子？」安妮問。

李彬裝著手勢，看來，每一箱，至少有五十公斤！

木蘭花等人早知那是巨大得不得了的一筆財寶，但是卻也想不到，光是黃金就是如此之多，其他的珠寶，自然價值更巨！

木蘭花道：「你是看到它們載運的？」

「是的，那是多少年的事了。穆二哥上船的時候，臉色嚴肅，那是一個陰天，我們都集中在碼頭上，穆二哥將船駛到什麼地方，卻沒有人知道，他直到過了兩個月才回來，將那幅畫掛在大堂上，不知多少人向他打聽，但是他一個字也不說！」

木蘭花道：「你當時以為，詳細研究這幅畫，一定可以有結論的？」

李彬點了點頭，說：「是，我那樣想，曾保也那樣想。」

木蘭花又問道：「那麼，經過了那麼多年，難道你一點頭緒也沒有？」

李彬苦笑了一下，說道：「只有一點，就是那山谷，我想，那山谷是實際存在的，穆二哥是照樣畫了下來的，可是，他為什麼畫了那麼多的人，那我就不明白了。」

3 死亡之島

木蘭花站了起來，來回踱著步。

李彬的話，顯然不能供給任何線索。

那山谷是真實存在的，木蘭花在看了那幅畫，不到一小時之後，就想到了這一點，可是想到了這一點，又有什麼用？

重要的是，那山谷在什麼地方？

不知道那一點，全世界有多少那樣的山谷，如何尋找？

李彬抬起頭來，道：「蘭花小姐，我知道這山谷是在南洋，曾保也知道，所以曾保在南洋落腳，也是為了這個緣故。」

木蘭花「啊」地一聲，道：「你們是知道的？」

「我們曾經用酒色引誘和穆二哥同去的六個人中的一個，他說，他們船到的第一站，就有人來迎接他們，他們不懂航海，但是他卻認為，那人是南洋的一個華僑首領，然後，船又繼續向南航，又過了七八天，才在一個很荒涼的地方靠了岸。然後，他們就日以繼夜，運財寶上岸，那時，他們全被蒙上了眼睛，只由穆二哥一人帶路！」

木蘭花靜靜地聽著。她心中不禁苦笑，那仍然不算是什麼線索，南洋包括了多少地方，毫無頭緒地要去尋找一個山谷，那仍是不可能的事！

木蘭花又來回踱著。

最後，她停了下來，道：「李先生，很抱歉的是，你雖然說將畫交存在我這裡，但是，我卻不準備再將它還給你了。」

「沒關係，沒關係。」李彬忙說。

「而你，要小心一些，如果曾保——曾瞎子已認出了你的話，他一定會找你的！」

李彬苦笑著道：「蘭花小姐，你……能保護我嗎？」

「你可以去請求警方的保護。」木蘭花冷冷地說。

李彬立時向高翔望去，高翔皺著眉，道：「李先生，如果你正式請求保護，警方一定會保護你的，你是不是真需要保護？」

高翔望著李彬，李彬的神態十分閃縮，他不敢望著高翔，只是道：「是的，我想他已認出我來了，所以……我十分害怕！」

李彬一定是十分窘，是以他在說話的時候，不斷地牽動著衣服，他身上的衣服破舊不堪，還有兩個大破洞，當他在拉動衣角之際，高翔又看到，在衣服的裂洞之中，他的肩頭上，有一片相當大的灼傷，高翔心中略怔了怔，但是他卻沒有發問。

他只是道：「好的，你可以暫時住在警局，不過委屈你一下，住在臨時拘留所之中，雖然你並不是被警方扣留的疑犯。」

「沒關係！沒關係！」李彬忙著說。

一般人，如果並不是犯了罪被警方拘留，自然是不肯留在警局的臨時拘留所之中，然而李彬卻表現得十分之愉快。

看他那種愉快的神情，不像是假裝出來的，高翔心想，那或者是他過流浪生涯，過得太久了，是以有了棲身之地，就高興起來。

然而，高翔的心中卻也立時想到，那可能有另外的原因！

高翔拿起了電話，吩咐警局，通知最近的巡邏車到木蘭花的家中來。

在巡邏車還未曾來到之前，李彬不斷嘮嘮叨叨講著和這幅畫有關的事，木蘭花一聲也不出，看來她甚至不像在用心地聽。

十分鐘之後，巡邏車來了，兩名警官走了進來。高翔向李彬指了一指，道：

「這位先生需要保護，在臨時拘留所中，替他找一個單人房！」

警官答應著，李彬點頭彎腰表示感激，跟著那兩個警官走了出去，等到巡邏車駛遠之後，高翔叫道：「蘭花！」

他叫了一聲，木蘭花便道：「你可是覺得有許多可疑的地方？」

高翔立時道：「是的。」

木蘭花微笑著，道：「我也感到有很多疑點，高翔，我不說，你也別說，我們讓安妮說，看看她的意見和我們是不是相同！」

高翔早已注意到，安妮在一旁一直皺著眉，顯然是她的心中也想到了一些問題，是以他立時點頭，道：「安妮，你想到了什麼？」

安妮揚起頭來，在她的臉上，帶著接受挑戰的神氣，她道：「我覺得這個李彬十分可疑。第一，這幅畫關係著一筆巨大的財富，但是他竟肯無條件將畫留在這裡；第二，他說他曾在機場外遇到過曾保，為什麼相隔那麼久，才來找我們？」

木蘭花和高翔一起點頭，因為安妮所說出的那兩個疑點，正是他們所想到的。雖然他們自己也想到了同樣的問題，但是他們仍然非常高興。

因為安妮的年紀還小，而安妮小小年紀，就能看出李彬行動的可疑處來，這表示安妮的思考、推理能力之高超，實在在他們之上。

安妮興奮得臉紅了起來，又道：「還有第三點，李彬雖然要求警方的保護，然而他卻不像有誠意，也就是說，他沒有什麼危險！」

木蘭花道：「說得好，那麼你推理的結論是什麼？」

安妮想了一想，道：「我的結論是，他知道曾保來過本市，所以才虛構了機場外見到曾保的故事，他的目的，是要我們代他找出畫中的秘密。」

木蘭花微笑著，道：「沒有別的可能了麼？」

安妮眨著眼，咬著指甲，她顯然想不到別的可能。

木蘭花道：「還有一個可能，就是他真的遇到了曾保，而且曾保也已找到了他，他一定已在曾保的手中，吃了不少苦頭！」

安妮睜大了眼睛。

木蘭花道：「他的身上有傷痕，他站立的姿勢，也老是向左彎曲，可知他的身子有一邊一定感到相當的痛楚，他到這裡來，是曾保派他來的。」

木蘭花這一句話一出口，安妮和高翔都吃了一驚。

木蘭花立即道：「我是從時間上來推測的，曾保在機場遇到了他，以曾保現在的勢力而論，雖然他來本市是作客，但是要找像他那樣的一個流浪漢，也是易如反掌的事，於是，闊別了三十年的曾保和李彬，又重見面了，李彬曾出賣過曾保，曾保自然不會好好待他的，於是他便吃了一點苦頭。」

高翔道：「這只是推測。」

「自然只是推測，李彬的那幅畫，你想，他會一直帶在身邊麼？你什麼時候見過一個身無長物的流浪漢，只帶著一幅畫的？」

「當然沒有。」安妮回答。

「那就是了，在挨了一頓打之後，李彬多半是看出曾保有意取他的性命，所以，他才將他收藏在妥當地方的畫獻了出來。」

高翔點著頭，道：「這推測很合理。」

木蘭花又道：「曾保得到了畫，自然要細加研究，但是他和李彬一樣，也研究不出任何名堂來，所以，他就想到了我！」

高翔對於木蘭花的推測，本來還是抱著懷疑的態度的，可是這時候，他卻越是聽，越覺得那是情理之中的事情！

他忙道：「所以，他才又派李彬來見你，假託將畫交在你這裡，他知道這畫和你的父母有極深的淵源，也知道你一定會探索畫中的秘密！」

「是的，他可能也已知道了畫中蘊藏的秘密地點，是在南洋，所以他不怕將畫給我，因為他在南洋的勢力十分龐大，我相信在本市，他也一定作了周密的佈置，對我的行動進行監視，他是準備在我研究出了秘密之後，從中取利！」

安妮深深吸了一口氣，道：「蘭花姐，你想得比我周到多了。」

木蘭花笑著，在安妮的肩頭上拍了幾下，道：「安妮，我和你所說的，都不過是推測，究竟誰的推測對，現在還不知哩！」

高翔道：「蘭花，我到警局去問李彬！」

木蘭花搖頭道：「不要打草驚蛇，我想，李彬已經向曾保屈服了，他在警局幾天之後，一定會自己要求出來，去和曾保聯絡的。」

高翔「嗯」地一聲，道：「我們正好透過他來表示我們什麼也不知道，如果我們也找不出畫中的秘密，曾保也不敢來惹我們。」

木蘭花立時道：「你說得是，所以，我們第一步要做的事，便是找出這幅畫中的秘密來，一定要到我們有了進一步的行動，曾保才會採取行動！」

安妮又轉過頭，向那幅畫看去。

那實在是一幅十分奇異的畫，奇異得使人完全說不出所以然來，李彬花了三十年的時間，仍然不曾找出畫中的奧秘，那不能說他笨，實在是這幅畫太奇妙了！

木蘭花背負著雙手，也來到了這幅畫前，她道：「高翔，照你來看，這幅畫的最奇特的地方在哪裡？」

高翔道：「第一，自然是它的色彩，第二，是那麼多人。這種色彩，簡直是超乎想像之外的，秀珍的父親一定是想像力十分豐富的人。」

木蘭花搖著頭，苦笑了起來，道：「恰好相反，二叔的為人，古板極了，在我的印象中，他是最沒有想像力的，這幅畫，一點藝術創作的味道也沒有，但是顏色卻如此奇特……」

木蘭花講到這裡，略一沉吟，才道：「所以，我認為它是實景，二叔是看到了那樣絢麗的色彩，才將之畫上去的。」

木蘭花的話，高翔和安妮兩人是很少不同意的。可是此際，木蘭花這句話才一出口，高翔和安妮卻一起搖起頭來，安妮道：「天然的景色，哪有這種顏色的？」

高翔也笑道：「如果有那樣美麗的景色，那麼這地方一定聞名世界了，何以李彬竟會花了那麼多時間，也找不到它的所在？」

木蘭花並不分辯，只是微笑著，過了好一會，她才道：「南洋有很多島嶼都是人跡罕至的，在那些島嶼之中，如果有一個景色宏麗的山谷，也不出奇吧！」

聽木蘭花的口氣，好像是在徵求高翔和安妮的同意。

但高翔和安妮仍然搖著頭，道：「那是不可能的，因為自然界中，不會有那樣的景色，你看，這裡的天和空氣，都幾乎是紅顏色的！」

木蘭花又向那幅畫望了片刻，伸了一個懶腰，道：「高翔，你公務很忙，應該回警局去了，記得，別對李彬說什麼。」

「你呢？」高翔問。

「我和安妮到市立圖書館去，我要找一點參考書，和安妮一起去找參考書是最好的了，因為她有這份耐心。」木蘭花回答著。

高翔向門口走去，他走到了門口，又轉過身來，道：「蘭花，如果你所料不錯，曾瞎子已在本市佈置了人對你監視，你要小心些。」

木蘭花笑道：「自然，一些應用的東西，我總是隨時常在身邊的，你不必擔心。我們要有危險，也一定是找到秘密之後的事了。」

高翔告辭離去，木蘭花將畫捲了起來，放在鋼琴裡面，她和安妮也一起走了出去，當她來到花園中的時候，她四面望了一下。

秋日的陽光，極其奪目，公路上不時有車子駛過，一切看來，都十分平靜而正常，但是如果有人用遠端望遠鏡在監視她，她是無法知道的。

安妮在雙腿恢復了行走能力之後，不到十天，就學會了駕駛汽車，當木蘭花在花園中四下觀望的時候，她已將汽車從車房中駛了出來。

木蘭花上了車，安妮讓出了駕駛位，她還不夠年齡取得正式的駕駛執照，自然，以安妮和警方的關係來說，就算她在公共道路上駕駛車輛，警方也不會對她提出控訴的，但是安妮和木蘭花本身是和犯罪者鬥爭的人，她們自己如何能夠違法？

木蘭花駕著車，駛在公路上，她在駛出了一段路程之後，便道：「安妮，留意我們是不是被人跟蹤著。」

安妮用心地注視著後照鏡，在她們的車子後面，自然有著別的車輛，然而，那些車子看來都不像是在跟蹤她們的。

二十分鐘之後，車子停在巍峨的市立圖書館之前。

木蘭花和安妮一起下了車，木蘭花先在大廳的指示牌中，看看每一層樓的藏書類別，她指著三樓的一間閱讀室，道：「我們到這裡去。」

安妮向那個閱覽室的說明看了一眼，只見說明寫的是「地理，地誌部分」。

安妮訝異地望了木蘭花一眼，道：「蘭花姐，你希望在書籍中找到那奇異的山谷？」

「給你猜著了！」木蘭花笑著。

她拉著安妮，由樓梯走上去，當她們推開那閱讀室的門時，閱讀室中靜悄悄的，並沒有多少人，木蘭花順著書架向前走著。

不一會，她就來到了一列高大的書架之前，在那列書架之上，釘著一塊銅牌，銅牌上所鑄的是「南洋群島」四個字。

安妮向那書架看了一眼，不禁輕輕嘆了一聲，道：「蘭花姐，你看，那麼多書，我們要翻查到什麼時候，才能翻得完？」

木蘭花笑了起來，道：「安妮，這句話，應該是秀珍說的，怎麼你好的不學，只學會了她的沒有耐性？」

安妮怪道：「我不是沒有耐性！」

「那又是為了什麼？」

「而是我認為根本不會有這樣的山谷。」

木蘭花笑了起來，道：「看來我們的意見有著根本的分歧了，但，既然來了，你和我一起看看這書架上所有的書，如何？」

安妮笑了起來，道：「當然可以的。」

她們兩人的交談聲雖然低，但是由於閱覽室中實在太靜了，是以也引起了人家的注意，已有幾個人，抬頭向她們投來了不滿意的眼光。

木蘭花怪道：「安妮，別再說話了，快開始看書吧！」

安妮從木梯上爬上去，先取下了十本書來，她們一起在桌旁坐了下來，那十本書，幾乎全是講蘇門答臘的情形的。

有外國人作的，也有中國古籍的記載，還有一本，是荷蘭文的，木蘭花和安妮用心地閱讀著，雖然她們閱讀的速度很快，但是也費了她們大半小時。

木蘭花將那些書籍攞回書架，另外又取了十本下來。

時間慢慢地過去，閱讀室中的光線漸漸暗了下來，先是著亮了燈，在著了燈之後不久，她們都聽到了「叮」地一聲響，然後，便是管理員的聲音，道：「圖書館關閉的時間到了，請明天再來。」

木蘭花和安妮一起站了起來，經過了長時間的閱讀，她們的頸骨都有點酸痛，整個閱讀室中，除了她們兩人之外，只有一個中年人了。

木蘭花忙合上書，管理員走了過來，道：「將書放在桌上就可以了，我會將它們放回到書架上去的。」

「謝謝你！」木蘭花客氣地說。

她和安妮一起走了出去，那中年人就跟在她們的後面，木蘭花一直在向前走著，等到走到樓梯口時，她像是突然想起了什麼似地，陡地轉過了身來。

她的轉身，是來得如此之突然，以致跟在她身後的那中年人收不住步子，幾乎向她的身上直撞了過來！

那中年人忙道：「對不起，小姐！」

木蘭花忙道：「是我的不好，請！」

她讓那中年人先走下樓梯，然後，她仍然站著，安妮看到，她的手中已多了一本小小的日記本，那顯然是她施展空空妙手，從那中年人口袋中偷來的了。

木蘭花將那日記本略翻了一翻，就向已走下樓梯的那中年人叫道：「喂，先生，這是你的東西吧，它從你口袋中掉出來的。」

她拉著安妮，向樓梯下走去，低聲道：「我以為他是跟蹤我們的人，但卻不是，他是大學教授，我想一定是地理學的教授了。」

她匆匆走下了樓梯，將那日記本還給了那個中年人。

那中年人連聲道謝，木蘭花、安妮和他，一起走出圖書館，已經是暮色四合了，木蘭花笑著，道：「先生，你開車來麼？」

「沒有。」那中年人回答。

那中年人的神色一直很嚴肅，充分表示出他是一個學者，但這時，他嚴肅的臉上，卻也現出了一絲笑容來，道：「地理學不但是我的興趣，也是我的職業！」

木蘭花其實早已知道了那中年人的身分，但是她卻還裝出驚訝的神情來，「哦」地一聲，道：「先生，你職業是——」

「我是趙敬業教授，大學的地理系主任。」那中年人回答著，「兩位小姐，我看你們不斷在閱讀南洋群島的地理書籍！」

「是的。」木蘭花回答著，已經穿過了圖書館前的空地，來到了停車場中。

趙敬業教授道：「如果你們對南洋群島的地理有興趣，那麼，我介紹你們明天來看我編著的那一部『南洋各島風土彙編』，在那一列書架的第三格，這十幾本書是最完整的了。」

木蘭花打開了車門，請趙教授坐進車子去，她自己也在駕駛位上坐了下來，安妮在她的身邊，木蘭花一面發動車子，一面道：「趙教授，我想找一個奇異的山谷。」

趙教授皺起了眉，道：「在南洋九十多個大小島嶼和半島上，有著幾十萬個山谷，你沒有別的指示，如何能找得到？」

木蘭花又道：「我要找的這個山谷，是十分奇妙的。」

「每一個山谷都是奇妙的，我住在山景街，小姐。」趙教授說著：「大自然的風景，絕不是居住在城市中的人所能想像的。」

木蘭花又道：「趙教授，以你的知識來說，你可知道，在南洋的某一個島上，有一個怪山谷，那山谷有著絢爛無比的色彩，甚至連空氣也呈現一種鮮艷的玫瑰紅色和碧藍的藍色的？那山谷中還有一個小湖，湖水則是銀白色的。」

趙教授皺起了眉，木蘭花在駕著車，自然不能回過頭去看他，但是安妮則望定了他。

過了好半晌，趙教授才道：「聽你所說的那個，好像是在亞南巴群島中，一個小島的死谷。」

木蘭花陡地停下了車子，她在向趙教授發出那樣的問題之際，原是抱著姑妄問之的態度，並不想真的能得到答案。但是，現在聽得趙教授那樣說，竟像是真有那樣的一個山谷，而且，他也知道那個山谷，木蘭花的心中如何不興奮?!

她停下了車，轉過頭來，道：「對不起，趙教授，因為這個山谷對我們十分重要，所以我想進一步知道它的情形！」

趙教授用十分奇異的眼光望著木蘭花，道：「小姐，你聽說過亞南巴群島麼？」

木蘭花的地理知識，可以說是極其豐富的，但是亞南巴群島的名稱，卻是十分陌生的，她搖了搖頭，道：「我不知道這個群島。」

「那群島在馬來半島和婆羅洲之間，總共有三十幾個島嶼組成，島上住的，全是生活十分落後的土人，我曾經到過那組島嶼。」

木蘭花忙道：「你到過那個死谷？」

趙教授笑了起來，道：「小姐，你在開玩笑了，山谷叫作『死谷』，那是當地土人取的名字，它是名符其實的死谷，人是不能接近的，一接近就會死亡！」

木蘭花呆了一呆，道：「趙教授，那是土人的迷信，難道那山谷有什麼妖魔居住著，以致一接近它，就會遭到殺害？」

「絕不是迷信！」趙教授正色說：「我估計那山谷中，有一種劇毒的沼氣，或者是毒瘴，所以土人沒有人敢接近那個島，我重賞之下，也只不過雇了人，划著船，在二三七島的周圍轉了轉，當然，我也沒有看到死谷的情形是怎樣的。」

木蘭花的雙眉忽地向上一揚，她急問道：「那島叫什麼島？」

「叫二三七島，名字很古怪，據說，若干年前，有一批外來的移民不明就理，想到那島上居住，結果一上了島，就沒有一個人出來，而他們的人數共是兩百三十七個，所以這個島，就叫二三七島，那可能是事實，也可能只是傳說！」

木蘭花和安妮兩人，迅速地互望著，木蘭花接連說了好幾聲，道：「謝謝你，真是謝謝你，趙教授！」

她又發動了車子，車子駛到了山景街，趙教授下了車。

趙教授才一下車，安妮便道：「蘭花姐，我真正佩服你了！」

4 風水輪流轉

木蘭花繼續駕車向前駛去。

一路上，她沒有再出聲，直至回到了家中，她才道：「二叔真是聰明，他將那些財富，埋藏在一個人不能接近的山谷中，而又畫了那麼多人，人數恰好是兩百三十七個，這幅畫，已經說明了那個島的名字。」

當她們回到寓所後，又把那幅魔畫取出，根據趙敬業教授所說，再度以圖就語，細作推敲。

就在安妮出神默想之際，木蘭花突然叫道：「秀珍，出來吧，幾乎我一回到家中，就已嗅出了你的氣味。」

落地長窗的窗簾揭處，獲得愛情滋潤，比以前更增艷麗，更添風韻的穆秀珍，果然走了出來。

穆秀珍是性急如火的人，她一出現，便立即追問適才在簾後偷聽的事情——天地堂魔畫秘密。

由安妮細說經過後，穆秀珍便急急叫道：「既然曉得那是亞南巴群島的二三七島，那還等什麼，快去啊！」

木蘭花道：「秀珍，我記得你曾說過，對於任何寶藏都沒有興趣了，是不是？當然你不會再到那小島去的了！」

「不！」穆秀珍大聲地叫了起來，道：「第一，這寶藏是我爹親手藏在那裡的；第二，還可以藉此機會鬥鬥曾瞎子那個匪徒。」

「還有第三。」木蘭花說。

「第三？」穆秀珍奇怪了起來，道：「第三個理由是什麼？」

「第三個理由是，你根本是不肯不去的！」木蘭花說。

穆秀珍笑了起來，她撲過來，抱住了木蘭花，道：「蘭花姐，只有你才知道我的心思，幸而我來到，看到沒有人，就躲了起來，要不然，又錯過了一場熱鬧了。」

木蘭花也給她逗得笑了起來，她道：「秀珍，你不要以為不會有什麼驚險，因為這是一個多少年來，根本無人知道的秘密！」

「曾保不是也想動腦筋麼？」安妮說。

「但我們可以輕易擺脫他們的追蹤，我想，圖上那些人站立的地點，就是財物收藏的地方了，我們到那裡，就可以將一切帶回來。」

「那也好的，你看，山谷的景色多麼壯麗，當它是一趟旅行好了，我們在什麼時候出發？」穆秀珍摩拳擦掌，興致勃勃。

「我們得稍微準備一下，你不妨約略向四風提一提，我看後天吧，也不必高翔一起去，我們三個人就可以了。」木蘭花回答。

穆秀珍高興地叫嚷著，在客廳團團轉著。

第三天早上，木蘭花、安妮和穆秀珍在「兄弟姐妹號」上，高翔和雲四風在岸上向她們話別，那時是清晨，碼頭上靜悄悄的，一個人也沒有。

秋風吹來，還有點涼意，當「兄弟姐妹號」漸漸駛遠之後，高翔和雲四風才轉過身來，向他們的車子走去。

來到了車邊，雲四風道：「今天正好廠中有事要早起，她們有什麼消息來，請通知我。」

高翔點著頭，他昨晚深夜才睡，是以不禁打了一個呵欠，道：「好的，我看這次不會有什麼意外的，再見！」

他揮著手，各自上了車，兩輛車子一起駛了一程，就分道揚鑣，雲四風一面駕車，一面想著工廠中新產品設計的事。

當他駕車來到了一個三岔路口之際，在前面的兩條支路上，突然各有一輛大型卡車駛了出來，那兩輛卡車，將他的去路完全攔住。

雲四風立時剎住了車子，他的車子幾乎撞在那兩輛卡車上，而在那一剎間，雲四風已覺得那兩輛卡車來得太突然了，是以，他一停下了車，便立時拉開了車中的抽屜，準備去取手槍。

可是，他的手還未曾碰到手槍，卡車上已疾跳下兩個人來，其中的一個，行動十分迅速，一跳下，就來到了他的身邊。

那人的手中持著一柄鋒利的魚槍，那種魚槍，是專在水底獵魚用的，彈力十分之強，箭鏃鋒銳得閃閃生光，正對住了雲四風的胸口。

雲四風呆了一呆，另一個人已打開了車門，來到了雲四風的身後，沉聲道：「雲先生，對不起，往這邊坐一坐，我們的人會替你駕車！」

雲四風已然恢復了鎮定。

他也立即看出，眼前的情形對自己是十分不利的，因為不但一個人已到了他的後面，另一個人持著魚槍對準了他，在卡車的前面座位上，至少還有兩柄對住了他！

雲四風笑了一下，道：「你們好早啊！」

那兩人並不再出聲，雲四風偏了偏身子，來到了駕駛座位旁邊的位置上，那持魚槍的人，立時也打開車門，坐到了駕駛位上。

他坐到駕駛位上之後，第一件事，就是把抽屜中的手槍取了出來，拋向後面，他掛上了魚槍，發動車子，向後退了五六碼。

而在那時，一輛大卡車已經向前駛去了。

另一輛大卡車，擺直了車身，大車廂後面，落下一塊甲板來，那人將雲四風的車子直駛進了大車廂之中，大卡車接著也駛走了。

雲四風「嗯」地一聲，道：「不錯，你們行事很俐落，這證明你們受過專業的訓練，你們的首領在什麼地方等我？」

在他身邊的那人，回過頭來，用奇怪的眼光望了他一眼，雲四風的身子略動了一動，但是他的背後，立時有一桿槍逼了過來，道：「別動。」

雲四風打了一個呵欠，閉上了眼睛，在大車廂中，他看不到什麼，是以他樂得閉上眼睛，然而他的心中，卻在迅速地轉著念。

他並不是第一次身處在那種極度不利的環境之中，是以他也根本不慌亂，他只是在想，那些人，是屬於哪一方面的人馬。

雲四風首先肯定，他們攔截自己，決不是偶然的事，而是處心積慮的周密計劃，他們可能已經跟蹤了自己有相當時候了！

那麼，他們該是那一方面的人呢？

雲四風立即想到的就是曾瞎子曾保！

木蘭花早已料到過，李彬攜畫求存，本來就是曾瞎子的詭計，也料到曾瞎子一定在暗中派人監視，但是接連而來，木蘭花卻又沒有發現有什麼人在跟蹤著，直到今天早上，她們離去之時，碼頭上更是冷清清地，只有她們一艘船駛了出去。

在那樣的情形下，似乎木蘭花是料錯了！但現在，雲四風可以知道，木蘭花並沒有料錯，那是曾瞎子曾保太聰明了，比他們預料的更聰明，曾保猜到木蘭花如果有了什麼發現，穆秀珍一定會參與行動的，是以他並不派人去跟蹤木蘭花，卻監視著穆秀珍，而粗心大意的穆秀珍……

雲四風想到這裡，不禁低嘆了一聲。

曾保也知道木蘭花不易對付，是以他不去跟蹤「兄弟姐妹號」，而在回程上截了雲四風，曾保自然想在雲四風的身上，得出木蘭花她們的行蹤來。

雲四風又不禁冷笑了一聲，心中暗道：曾保啊曾保，如果你以為我姓雲的容易對付一些，那你可就大錯而特錯了！

雲四風已經想到擄劫自己的是什麼人，他更加鎮定了，他再打了一個呵欠，懶洋洋地道：「原來曾瞎子曾保還在本市！」

他這句話一出口，便覺出在他身邊的那個人陡地震了一震，那分明是對方萬萬料不到雲四風在突然間說出他們的來歷來的。

而就在身邊的人陡地一震間，雲四風的身子突然向下一矮，就在他的身子一矮間，他的手指在那柄魚槍的槍上，勾了一下。

「啪」地一聲，魚槍的箭射了出來，射向車頂，這種魚槍，是用強力的彈簧控制發射的，有著極強的反擊力，而那人正將魚槍掛在背上，反擊力令得那人的身子痛苦地蜷曲了起來。

在雲四風身後的那人，陡地站起身來，他是想再用槍指住雲四風的，但是雲四風身形在矮下去的時候，早已靈活地轉了一個身，當那人的身子直起來之際，雲四風的雙腳已重重地踢出。

雲四風的左腳踢在那人的手腕上，他的右腳則踢中了那人的門面，他聽到了清脆的鼻骨斷折之聲，他立時身子翻到了車子的後座，在車座上拾起了那柄手槍，那人的面門上鮮血直流。

雲四風安詳地說道：「朋友，你弄髒了我的車子了！」

在卡車大車廂中發生的事，卡車司機顯然不知道，因為卡車還在向前駛著，雲四風先後發出了兩掌，擊在那兩人的後腦上。

那兩人立時昏了過去，雲四風握著槍，打開車門，走了出去，他來到了大車廂的後面，那裡有一扇小小的窗子，推開這扇窗子，就可以看到卡車司機了。

雲四風來到了那扇子之前，略想了一想，他慢慢地將那扇窗子推開半吋左右，向前看去，那司機正在專心一致地駕駛。

雲四風離那司機不過兩呎，他可以輕而易舉將司機擊昏過去，那樣，卡車會撞向路邊，但是他有著準備，可以不致受傷。

他也可以直截了當，持槍自小窗中伸出去，指住那司機的後腦，吩咐司機將車子駛到他命令的地方去，這時候，他是完全佔著上風的。

但是雲四風卻都沒有那樣做。因為，他剛才來到車子旁邊的時候，已經想到，現在，他就算制服了那司機，逼那司機將大卡車駛去警局去，他捉到的，只不過是曾保手下的三名小嘍囉而已，曾保還會不斷地對付他，令得他防不勝防，而當他下一次落到人家手中時，他可能沒有那麼快便佔上風的機會。

是以，他更任由那卡車司機向前駛去，駛到曾保在本市的老巢中，他要見到在南洋一帶極具勢力的犯罪頭子曾瞎子曾保！

只有制服了曾保，他的麻煩，才能徹底解決！

所以，雲四風只是從那窗縫中向外望著，辨認著車子經過的地方，他認出，車子已在郊區的公路上，迅速地轉過了一條支路。

如果不轉進那一條岔路，直向前駛去，那不多久就可以到達木蘭花的住所了，雲四風繼續留意著經過的地方，十分鐘後，大卡車駛進了一條支路。

那條支路，看來是屬於私人的。

在那條支路的盡頭，有兩扇大鐵門，大卡車一駛到了鐵門後，鐵門就打了開來，雲四風早已看到，那是一幢很大的洋房。

鐵門和洋房之間，還有相當距離，全是整齊的草地。雲四風知道目的地已經到了，他回到了他自己的車子中，坐在駕駛位上。

那兩人仍然昏迷不醒，雲四風也任由他們在車中，他才坐下，大卡車便停了下來，雲四風聽到卡車旁傳來了喧嘩的人聲。

接著，大車廂後的斜坡放了下來。

雲四風駕駛著車子，以極快的速度，將車子退出了大車廂，當他的車子自大車廂中倒衝下來時，他聽到了兩個人的驚呼聲。

那兩個人，一個身手比較靈活，當車子向他撞來之際，他疾跳了開去，另一個則慢了一步，「砰」地一聲，被車尾撞出了老遠。

圍在卡車旁邊的那些人顯然還不知道究竟發生了什麼事，一時間，有的怪叫，有的喝罵，而雲四風踏了油門，車子的引擎怒吼著，車子又向前疾衝了出去，再撞倒了三四個人，車子已輾過草地，直來到了那幢大洋房的石階之前。

雲四風緊急剎車，他先向外，毫無目的射了三槍。

「砰砰砰」三下槍響過後，在草地上，向車子追來的人，一起伏了下來，雲四風打開車門，一躍向前，他用手背遮著頭部，身子打橫撞去，「嘩啦」一聲響，撞破了玻璃門，身子立時著地一滾，緊接著，已一躍而起。

幾乎是他才一躍而起，他手中的槍，已對準了一個坐在沙發上的胖子，那胖子的身形，極其魁偉，他的左眼上，戴著一隻鮮紅色的眼罩。

他的右眼睜得老大，望定了雲四風，雲四風連忙走向前，來到了他的身邊，坐了下來，手槍仍然對準了那胖子，但是他卻已舒舒服服地翹起了腿。

草地上的那些打手向內湧了進來，但是當他們一看到客廳中的情形之後，他們也呆住了，那胖子揮著手，道：「出去！出去！」

那些打手遲疑著向後退去，雲四風冷笑著，道：「曾保，你只不過瞎了一隻眼，應該叫你獨眼曾保，但是人人都叫你瞎子曾保，倒也不是沒有理由的！」

曾保勉強笑了一下，道：「你倒會繞著彎子罵人！」

雲四風道：「本來就是，你叫人來對付我，可不是瞎了眼睛！」

曾保的大肚子向上略挺了一挺，道：「年輕人，別將話說得太滿了！」

雲四風一聲厲喝，道：「少廢話，站起來跟我走！」

曾保那張老奸巨猾的臉上，神色也不禁為之一變。他忙道：「跟你走？到那裡去？」

「當然到警局去，總不成我請你看脫衣舞？」

曾保輕笑著，道：「這……不必了吧。」

雲四風勾在槍機上的手指漸漸收緊，道：「你去不去？是你自己走，還是先在你肚皮上開一個洞，再叫救護車來！」

曾保瞪著雲四風，但是他胖大的身子終於慢慢地站了起來，當他站直之後，他道：「好，真行，真不愧是雲旋風的兒子。」

雲四風也立時站了起來，道：「曾保，如果我是你，就不會做蠢事，到警局去，你不會有什麼大罪名，如果你做蠢事，我就不客氣了！」

曾保翻了翻他的大手掌，道：「我也沒有辦法了！」

他向外走了，雲四風先掠到了大廳的牆前，以防止有人在他的背後偷襲，然後，他也跟著向外走去，他的槍口，始終對準了曾保。

曾保踏出了門口，雲四風也跟著踏了出去，道：「我的車子就在屋前，你去坐在駕駛位上，聽候我的命令。」

曾保略停了一停，又向前走了出去。

雲四風仍然跟在他的身後，但是，雲四風才跨出了一步，「呼」地一聲，二樓上突然拋下了一個繩圈，向雲四風的手腕套來。

雲四風手背一沉，繩圈套了個空，雲四風反手便射了兩槍，他聽得一下驚叫聲，雲四風的心中多少感到了一點自豪。因為他知道反手發槍，也已射中了目標！

他立時以手槍，在曾保光禿的頭上重重地敲了兩下，曾保發出了一下怪吼聲來。

要知道，曾保在幾十年前，已然是極有地位的人，這些年來，他在他一手建立的犯罪王國之中，更儼然是大皇帝一樣，人家在他面前講話，也不敢大聲。

可是此際，卻被雲四風用手槍在他的後腦擊鑿了兩下，他怎能不怒？可是除了發出怒吼聲之外，他卻也沒有別的辦法可想。

雲四風冷笑著，道：「如果你的手下再輕舉妄動的話，我可真的不客氣了，快滾進車裡去！」

曾保來到了車前，重重拉開了車門，將他胖大的身子擠進了車子，坐在駕駛位上，雲四風向後倒退了一步，打開了後面的車門。

但是，也就在那一剎那間，曾保已突然踏下油門，車子向前直衝了出去，雲四風的手握在車門上，立時被拖跌在地上。

雲四風在地上急速地滾了幾滾，滾到了石階之旁，他知道，情勢開始轉變了，曾保已經擺脫了他的控制，他已然在極不利的情形之下了！

他一滾到了石階旁，立時一躍而起，衝進了客廳，直奔二樓，他和一個打手迎面相撞，那打手顯然不知道發生了什麼事。

雲四風迎面一掌，擊在那打手的面門上，那打手輕嗥一聲，昏了過去，雲四風摘下了他腰際的槍，闖進了一間房間之中。

他「砰」地關上了門，那房間中並沒有人。

他剛來得及看清那是一間書房，便已聽到門外響起了七八下槍聲，門鎖已被擊壞了，門也向內彈開了半呎來，子彈射了進來。

雲四風一伸手，抓住了桌上的電話聽筒，可是他卻已沒有機會去撥號碼，他必須立時伏下來，躲避掃射進來的子彈。

在門外的人，也不敢衝進來，只是呼喝著。

雲四風躲在一張巨大的寫字檯後，他的手中握著電話聽筒，如果他能夠站起身來撥電話號碼的話，他就可以通知高翔了。

而高翔趕到這裡來，不會需要十五分鐘的時間，他在房間中只要堅持十五分鐘，就可以扭轉劣勢了。

但是，他卻沒有機會站起來，因為門外至少有七八名槍手在監視著他！

雲四風的心中，十分焦急，他的手心在冒著汗，等待著機會。

不到一分鐘，他便聽得幾個人爭著道：「他在裡面。」

接著，便是曾保的聲音，道：「雲先生，你以為你可以抵抗多久？明知沒有希望，還要死賴下去，那是最沒有出息的。」

雲四風冷笑了一聲，道：「我——」

他才說了一個字，「砰」地一聲，槍聲響了。

發出那一槍的人，一定是一個神槍手，因為子彈射過，恰好射在電話和電話筒連接的那條電線上，將電話線射斷了！

雲四風握著電話聽筒，不禁苦笑起來。

他本來是有希望和高翔取得聯絡的，但是現在，顯然已沒有這可能了，他聽到了曾保得意的笑聲，道：「怎麼，我的槍法還沒有退步吧？」

雲四風仍然不出聲，獨眼曾保是一名神槍手，這一點，他是早已知道了，而且，關於曾保，還有一個傳說，他左眼瞎了，並不是給人家弄瞎，而是他自己弄瞎的，為的就是當他在少年時，有人告訴他，如果瞎了一眼的話，槍法可以練得更好。

這自然只是一個傳說，但如果不是曾保的性格極其狠毒的話，當然也不會有那樣的傳說傳出來的。

曾保仍然在得意地笑著，隨著他的笑聲，「砰」地一聲響，門已被撞了開來，雲四風看得很清楚，大門洞開之際，原來在門外的人，便一起向旁閃了開去，雲四風也在那時連射了兩槍，隨著槍聲，他聽到了兩個人的倒地之聲。

雲四風輕輕吹去槍口冒出來的煙，道：「我的槍法也不錯吧，曾保？」

他才講了一句話，密集的槍聲又傳了過來。

雲四風藉著辦公桌的遮掩，一個觔斗向後翻了出去，他拽過了一張安樂椅，又躲在安樂椅的背後，叫道：「曾保，你敢現身麼？」

曾保的聲音自走廊中傳過來，他笑著道：「我不傻，雲先生，現在你的出路，只是將手放在頭上乖乖走出來，和我談談！」

雲四風咬了咬牙，他自然知道，現在形勢變了，曾保已佔了極度的上風，自己除了投降之外，的確沒有別的辦法可想了。

這時候，雲四風不禁想起他辦公室那個暗櫃之中的許多武器來，如果他這時有一枚小型的炸彈，那麼，他就可以改變情勢了。

可是，他出來的時候，是送木蘭花她們啟程的，他根本未曾料到會發生那樣的意外，現在，他除了一柄槍，和七粒子彈之外，沒有別的武器。

本來，他是有兩柄槍的，但是他自己那柄槍中的七粒子彈，已經用光了，現在他握著的，是他衝上樓來時奪到的一柄。

雲四風望著那柄空槍，心中突然一動，他在那一剎間，想到自己奪了一柄槍在手，對方不一定知道，如果能夠令得對方相信自己的子彈已然射光的話，那麼，就有機可乘了！

雲四風一想到這裡，立時從地上拾起了那柄空槍來，連續扳動了兩下，發出了「啪啪」兩聲，他立時聽得門外有人道：「他的子彈用完了！」

雲四風的心中一喜，然而，他又聽到了曾保的聲音，道：「別太大意，他可能還有第二柄槍，我們現在何必再去冒險？」

雲四風的心中暗罵了一聲：「老奸巨猾」，他四面打量著，從房門口衝出去，是沒有可能的了，從窗口爬出去，是不是有機會呢？

雲四風回頭看了一眼，在他身後，就有一扇窗子，而且，那扇窗子還開著，窗子離他大約有六呎距離，雲四風看了幾秒鐘，心中暗嘆了一聲。

他如果穿窗而出，必須冒雙重的危險。

第一重，他在竄起之際，門外的人一定向他射擊，他避得過去的機會極微。而就算他能避得過去，窗口離地面至少有二十呎高，他怎能從二十呎高的半空跳下去而不受傷?!

雲四風放棄了從窗口逃走的念頭。

這時，他又聽到了曾保的聲音，曾保奸笑著道：「雲先生，從現在起，我給你一分鐘的時間，讓你自己走出房間來。」

曾保講到這裡，略頓了一頓，又道：「你不會笨到以為我們沒有武器可以制服你吧，譬如說，一枚催淚彈，你還能不出來麼？」

雲四風苦笑了起來，一分鐘，他只有一分鐘的時間！

雲四風一轉頭，他又看到，在他的左邊，有一扇門。

那扇門關著，不知是通向什麼地方去的，而如果他能進了那扇門，而門口的人又不知道的話，那麼，他就安全得多了，不但子彈再也射不中他，就算真放催淚彈的話，他也可以不必懼怕了。

雲四風咬了咬下唇，他突然之間，連向門外射了四槍，他總共只有七顆子彈，子彈對他來說，是極其寶貴的！但是，為了要逼退在門外的人，他還是毫不吝嗇地使用了四顆子彈，他一面射擊著，一面在地上打著滾，滾到了門邊。

一到門邊，他立時直起身，握住了門柄，推開了門，閃身而入，而那時，一陣密集的槍聲自門外射了進來，子彈一顆又一顆地射進安樂椅的椅背之上，從那樣情形看來，門外的人，並沒有發覺雲四風已從椅後，逃到了另外一間房間之中。

雲四風輕輕將門關上，他定了定神，打量著那另一間房間，那是一間十分華麗的臥房，可能是曾保的臥房，雲四風迅速來到了窗前，打開了窗子，向外看，他看到，在大門口有兩個人站著。

那兩個人，都面對客廳站著，絕未曾注意樓上的情形，雲四風如果從窗口攀出去的話，他們仍可能一點也沒注意。

自然，那只不過是「可能」而已。

但是，如果連這一點險也不冒的話，他絕不能希望能夠大搖大擺走出去的。

雲四風取出了一柄小刀來，用極快的動作，將一張床單割裂，連在一起。

那時，他已聽到了曾保的聲音。

曾保的聲音突然響起，令雲四風嚇了一大跳，因為曾保的聲音實在來得太近了，就在那間臥房的門外傳了過來。

曾保在說道：「一分鐘已過去了，我再給你半分鐘的時間去考慮。」

而就在那一剎間，雲四風改變了主意！

他三步就跨到了門口，握著門柄，輕輕地旋轉著，當他旋到已可以拉開門時，他的心中，也不禁緊張得怦怦亂跳了起來。

從剛才的聲音轉來，曾保就在門口。

然而，在這不到一分鐘的時間內，曾保是不是離開了呢？

如果曾保已離開的話，那麼，他就不能在門一打開時就制住曾保。他就喪失了一個可以從窗口逃走的大好機會了。

在沒有將門拉開之前，雲四風先深深地吸了一口氣，然後，他陡地拉開了門，門一拉開，他就看到了曾保高大魁偉的背影！

在那一剎間，雲四風心頭湧上的那一陣喜悅，實在是難以形容的，在幾個打手驚駭得還來不及發出任何驚呼聲前，雲四風手中的槍已抵在曾保的後頸上！

曾保龐大的身子陡地一震！

雲四風不由自主笑了起來，道：「曾保，三十年風水輪流轉啊！」

曾保突然也「呵呵」笑了起來，道：「好，真好！」

雲四風心中也不禁佩服曾保的鎮定，而他也加倍地小心，因為剛才，曾保幾乎就是在相同的情形之下，擺脫了他的控制的。

雲四風道：「向前走，命令所有的人，放下武器！」

曾保吸了一口氣，道：「你們聽到了？」

那七八個打手面面相覷，略呆了一呆，將手中的武器紛紛拋在地上，曾保也向前走去，雲四風的槍，一直抵住曾保的後頸。

他們走到了樓梯口，雲四風用槍口在曾保的後額上戳了戳，道：「小心一些，別將你自己的性命來作兒戲！」

曾保居然笑了起來，道：「雲先生，這真是金玉良言，你我共勉之！」

雲四風冷笑了一聲，曾保一級一級地向下走去，不一會，便來到了客廳之中，曾保略停了一停，雲四風喝道：「向前走去！」

曾保道：「還是和剛才一樣，要我駕車？」

「當然是，而這一次，你不會有機會了！」

「難說得很，年輕人，正如你所說的，三十年風水輪流轉啊！」曾保說得極其輕鬆，像是他早已有了擺脫雲四風的辦法一樣。

5 極度劣勢

雲四風自然提起十二分精神，跟著曾保向外走去，在大門口的兩個打手，見到雲四風又押著曾保向外走了出來，慌忙退了開去。

曾保和雲四風兩人，一前一後，走出了大廳，曾保笑道：「從現在起，你要小心了。」

雲四風心中惱怒，抬起腿來，用膝蓋在曾保的背後重重頂了一下，那一下頂得十分用力，曾保發出了一下憤怒的悶哼聲來。

他們繼續向前走著，不一會，便來到了車邊，雲四風先打開了車後的門，才道：「好了，現在，你進車子去！快進去！」

曾保伸手握住了車門，用力一拉，雲四風已經防備到他如果扭轉形勢的話，現在是最後的機會了，但是，曾保的動作之快，卻出乎雲四風的意料之外！

他在拉開車門的一剎間，身子突然一閃，已閃到了車門的後面，在他和雲四風之間已隔著一道車門！

雲四風立即射出了一槍，那一槍，穿過了車門上的玻璃，但是並沒有射中曾保，因為曾保一閃到了門後，立時俯下了身子。

而在二樓，槍聲已然呼嘯而至，雲四風忙退開到了車中，從後面迅速地爬到前面的駕駛位上，他看到曾保在地上打著滾，竄進了一堆灌木之中。

雲四風突然踏下油門，發動引擎，車子在彈雨之中向前疾衝而出，向那叢曾保藏身的灌木，疾衝了過去！

雲四風向前撞去的速度極高，當他的車子衝進灌木叢之際，二樓的子彈仍然不斷射下，他車子的兩隻車胎已被射中。

然而雲四風還是將車子撞進了灌木叢中，曾保驚叫著起身來，雲四風突然剎車，曾保僵立著，他的身子在車頭和圍牆之間，再也不能動彈了！

二樓的槍聲停止了，雲四風厲聲喝道：「你還有什麼花樣？曾保，我問你，你還有什麼花樣？」

雲四風一面說，一面又發動了引擎，當引擎發出震耳欲聾的呼吼之際，曾保的一隻眼睛睜得老大，搖手道：「停止！停止！」

雲四風冷笑著，道：「你跟不跟我走？」

曾保勉強笑著道：「你，你的車子壞了，如何能載我走？」

雲四風厲聲叱喝道：「吩咐你的手下，準備車子！」

曾保的面色難看之極，但是這時，他卻沒有反抗的餘地，因為雲四風的車子只要再向前衝出，他就一定會被擠碎了！

他吸了一口氣，道：「準備車子，快！快！」

有幾個打手，從屋中奔了出來。

雲四風忙握定了槍，自車中跳了出來，來到了曾保的身邊，曾保仍然在揚聲怪叫著，一個打手駕著一輛車子，駛到了鐵門前，拉開了鐵門。

雲四風沉聲道：「好，現在我們向車子走去，曾保，你一定要記得，只要你的手下有一點異動，我就立即先打死你！」

曾保苦笑著，道：「好！好！你們都退回屋子去！」

衝到花園中來的打手，面面相覷，他們的首領在別人控制之下，他們自然一點辦法也沒有，只好乖乖地退到了屋子之中。

雲四風已經看清，花園中並沒有人，如果有人要攻擊他的話，一定是躲在屋中攻擊，是以他走在曾保的身邊，利用曾保的身子掩護著他。

他們來到了汽身旁邊，雲四風也停了下來，喝道：「你過去將車門打開來，讓我檢查一下。」

曾保略呆了一呆，走向前去，打開了車門。

他才打開車門，車中突然傳來了一下槍響，雲四風在車門一開之際，已看到車中有人影閃了一閃，是以他立時伏了下來。

槍聲一響，一枚子彈在他的頭頂呼嘯飛過。

而雲四風也立時還了一槍，立時聽得一聲怪叫，一個打手已自車中滾跌了出來，雲四風的一槍，射中了他的右手臂。

在他滾跌出來之際，他手中的槍先跌了出來。

曾保一俯身，想去搶那柄槍，但是雲四風的第二槍又已射出，正射在那柄手槍的槍管上，將那柄槍射得直跳了起來，撞在曾保的臉上。

曾保大吃了一驚，連忙站直了身子。

在那一剎間，他可能以為他的面門已中了一槍，不然，他的面色不會如此難看，他的身子不會不由自主地發著抖！

那打手在滾跌出來之後，雲四風一步趨向前去，在他的身上，重重地踢了兩腳，喝道：「給我爬出去，爬得快一些！」

那打手的手背雖然受了傷，但是雲四風厲聲一喝，他還是向前疾爬出去，爬得像一頭狗一樣，爬出了十幾碼才站起身來，奔進去屋子。

雲四風冷笑道：「這種花樣，也在我面前玩！」

曾保驚魂甫定，他的鼻梁上腫了一大塊，那柄手槍已毀壞不能使用了，就在他的腳下，但就算手槍沒有損壞，他也一定不敢再去拾它的了。

雲四風冷冷地道：「曾保，這是第三次了，貓有九條命，你不是貓，希望你別拿你的命來開玩笑，坐在駕駛位，到警局去。」

曾保在他鼻梁上的腫起處摸了一下，轉過身，坐進了車子中，雲四風立即坐在他的身後，手中的槍對準了曾保的後頸。

曾保緩緩地吸了一口氣，說道：「真要到警局去？」

雲四風厲聲道：「開車！」

曾保哼了一聲，扭了扭車匙，引擎發出了一陣軋軋聲，也就在那時，雲四風看到了曾保的左手，扳下了一個鮮紅色的掣鈕。

雲四回立時覺出不對頭，他想問曾保那是在幹什麼，可是一切發生得實在太快了，快到了超乎人類的正常反應速度。

幾乎是不到十分之一秒的時間，「刷」地一聲響，在雲四風和曾保之間，已升起了一塊玻璃，而兩旁的車門上，也傳來了「卡卡」兩聲響。

雲四風的反應也算得快了，他立時扳動槍機，在密封的車廂中聽來，格外驚人，他已經射出了一槍。

在射出一槍的同時，他立時伏下身來，去扳車門。

他已經料到，在他和曾保之間突然升起的那塊玻璃，一定是保險的鋼化玻璃，是以他已打算立時出到車子外面去。

可是，他扳不動車門掣！車門已自動鎖上了！

而他射出的那一枚子彈，射在玻璃上，立時反震了回來，彈向車後的玻璃，又彈向車頂，然後，鑽進了座墊之中，雲四風差點被他自己射出的子彈反震回來受傷！

當雲四風發現自己竟不能離開車子時，他呆住了，曾保究竟還是佔了上風！

他也不是不小心，要不然，躲在車中的打手也不會傷在他的槍下。但是，也正由於他發現了躲在車中的打手，是以他未曾進一步想到，車子的本身可能有古怪。

任何的疏忽皆能造成失敗！當雲四風這時想起木蘭花常說的那句話來時，他不禁苦笑了起來。

而其時，曾保卻已從駕駛座位上轉過頭，向雲四風望來。

雲四風和他之間，距離十分之近，不會超過一呎。但，在他們兩人之間，卻隔著一塊玻璃，那是一塊槍彈也擊不碎的鋼化玻璃！

曾保轉過頭來之後，面上所現出的那種獰笑，是雲四風畢生難忘的，這時，他看來不像是一個人，他掀著唇，露著白森森的牙齒笑著，簡直就像是一頭餓極了的惡狼！

曾保又按下了一個掣，雲四風立時可以聽到他發出來的沉重的喘息聲，接著，便是他的一陣刺耳之極的怪笑聲。

他只笑了很短的時間，大約是他鼻梁上的腫起，使他感到了疼痛，是以他才停止笑聲的。

他一言一頓地道：「雲四風！」

他在叫了雲四風一聲之後，伸手在鼻梁上的腫起上摸了一摸，又獰笑了一下，才又道：「雲四風，你總算是十分了得的了！」

雲四風的心中在急速地轉著念，他在想著：「怎麼辦？應該怎麼辦？」

他已完全處在劣勢之中了，他該怎麼辦？

他的心中儘管著急，但是他也知道，暫時，他是沒有生命危險的，是以他勉力鎮定著，他甚至將他手中的槍，用一個美妙的姿勢拋弄著。

他道：「多謝你的稱讚。」

曾保「嘿嘿」地笑著，道：「真了不起，你竟能幾次反敗為勝，那是我從未曾遇到過的，但是，你又怎能翻出如來佛的掌心？」

他揚起了手，得意地笑著，五指在漸漸收縮，像是想將雲四風的頭硬生生抓碎一樣。

雲四風哈哈大笑了起來，道：「曾保，你是一隻瞎了眼的臭蟲！如來佛要是像你這樣，天下再也不會有人信佛了！」

曾保陡地縮回手來，這時，雲四風已看到打手從屋中湧了出來，將車子圍住，但是曾保卻並不望向車外，他的一隻獨眼，凶光閃閃只是望定了他。

曾保的牙齒在磨得「格格」作響，顯然他的心中，將雲四風恨到了極點，他一言一頓，道：「我很替穆秀珍可憐！」

雲四風的心中一凜，但是，他仍毫不在乎地笑著。

曾保冷笑著，道：「可憐的穆秀珍，她或者不知道她已快要做寡婦了，年紀那麼輕就守寡，真可憐，雲四風，你有什麼遺言？」

雲四風的手心在冒著汗。但是，他臉上的笑容看來仍然十分自然，他道：「有，麻煩你告訴她，我遇到了一隻瞎眼臭蟲，不小心給牠咬了一口！」

「砰」地一聲，擊在那玻璃上。

曾保和雲四風之間，隔著一層鋼化玻璃，雲四風的手中有槍，尚且傷不了曾保，曾保那一拳，自然是擊不中雲四風的。曾保之所以會擊出那一拳，自然是表示他的憤怒。

雲四風卻「哈哈」地笑了起來。

雲四風這時「哈哈」大笑，倒也不是假裝出來的，因為這時，他被困在車廂之中，正處在極度的劣勢下，還能令得對方暴怒，這的確令他十分得意。

曾保縮回手來，道：「雲四風，我問你，木蘭花她們到什麼地方去了，她們在那幅畫上，得到了什麼啟示，你照實說！」

雲四風聳了聳肩，舒服地在椅背上靠了下來，並且還翹起了腿，將他的鞋底在曾保的眼前晃著，道：「我為什麼要告訴你？」

曾保冷笑道：「為了你的妻子不要做寡婦！」

雲四風道：「我連遺言也說了，還擔心什麼？」

曾保又露出了他白森森的牙齒來，道：「雲四風，我可以立即按掣，放出毒氣，將你毒死的，你別以為我沒有辦法對付你！」

「你自然有辦法對付我，但是你不能從一個死人的口中，問出木蘭花到什麼地方去了。」雲四風的說話越來越是輕鬆，「我不妨告訴你，木蘭花已知道了畫中的秘密，她現在已經啟程去取那批寶藏了，那是無數的黃金和無數的珍寶！」

曾保面部的肌肉抽搐著：「我有辦法令你講出來的！」

雲四風笑著，道：「不妨講出來研究一下。」

曾保厲聲道：「你出不了這車子，我可以餓死你，等你餓到受不了之時，你自然會講出來了！」

雲四風故意現出十分吃驚的神色來，「哎喲」一聲，道：「這真是好辦法，可是瞎子，你知道，一個人可以餓多久麼？」

「看你能忍多久！」曾保狠狠地說。

雲四風一本正經地道：「算是餓上五天吧，瞎臭蟲，五天之後，木蘭花已經找到那寶藏回來了，你什麼也得不到，臭瞎子！」

曾保真的被雲四風激怒了，他又揚起手來，但是這一次，他卻並沒有向雲四風擊來，他只是陡地轉過身去，發動引擎。

車子向後疾退而出，退進了車房之中，曾保打開了前面的車門，走出了車子，他氣沖沖地走出車房，拉下了車房的鐵門。

雲四風的眼前立時一片黑暗，車房外的情形如何，他完全不知道，他也不知道曾保準備如何對付自己。他知道，曾保將他留在車中，而自行離去，一定是想冷靜一下，然後設法來對付他，如果自己能在這一段時間內逃出去的話……

雲四風想到這裡，深深地吸了一口氣。

當他吸進一口氣，聞到了車房中特有的那股汽油味之際，他知道，車廂中至少還有一點地方，是可以和外界相通的。

他也立即找到了那和外面相通的地方。那是兩排氣孔，這兩排氣孔，在靠近車後面的旁邊，連手指也伸不出去，他自然無法從那麼小的孔中離開車廂的。

他忙又轉過身來，翻下了座位的背墊。

在背墊之後，是平整的鋼板，那自然是一輛特製的汽車，將人困在後面的車廂中之後，可以令得被困的人無法脫身。

雲四風再去扳動車門掣，車門掣一動也不動，他又用槍柄用力地敲著車門的玻璃，可是玻璃上卻連裂痕也未曾起一條。

雲四風破困在一個不到六十立方呎的空間之中，他完全沒有辦法脫身，他完全陷進了困境之中了。

他雙手托著頭，不斷地在問自己：「怎麼辦，應該怎麼辦？」

這時候，木蘭花、穆秀珍和安妮三人，正在大海中航行，海面十分平靜，她們坐在「兄弟姐妹號」的甲板上，穩得和坐在家中的陽臺上一樣。

木蘭花剛和高翔通了一個無線電話，問高翔可有什麼意外發生，高翔的回答是：「一切正常，沒有什麼意外發生。」

但是，在高翔放下了電話之後，不到十分鐘，他辦公桌上另一隻電話卻又響了起來，高翔拿起了電話，道：「特別工作組。」

那面傳來一個低沉的聲音，道：「高主任？」

高翔怔了一怔，道：「是的，你是——」

「我姓曾，我叫曾保。」

高翔立時意識到，有意外發生了，但是他還是「嗯」地一聲，道：「原來是瞎子曾保，希望你不在本市，你是不受歡迎的！」

「我正在貴市，」曾保回答說：「而且，還有一個極不受歡迎的消息要告訴你，如果你不想穆秀珍做寡婦，你就得耐心聽我說！」

高翔的心中立時叫著：雲四風！

他緩緩地吸了一口氣，道：「曾保，你這種幼稚的威嚇，用在我的身上，未免太不適合了，還是換一些話題吧！」

「聽下去，你就會有興趣了，高主任，雲四風現在在我的手中！」曾保的聲音，十分陰沉，「現在，你有興趣聽下去了麼？」

高翔冷冷地追：「如果你所說的是事實，那你是在自討苦吃，在本城犯罪，你絕不能逃脫法網的，你告訴我這消息，是為了什麼？」

「向你提出一個交換條件，你提供我一些消息，我就釋放雲四風，而且立刻離開，你不妨好好的考慮一下，我要的是那幅畫中的秘密。」

高翔笑了起來，道：「曾保，如果雲四風在你的手中，你為什麼不去問他？我知道的事情，他也一定知道的，是不是？」

「我當然問過他，但是他不說！」

高翔迅速地在轉念著，曾保又道：「他可以拚著一死，不告訴我那幅畫的秘密，但是你是不能見死不救的，是不是？」

高翔又呆了片刻，他並不懷疑曾保的話。因為像曾保那樣，度過了數十載犯罪生涯的人，是絕不會用一個幼稚謊言來騙自己，而達到他的目的。

高翔相信雲四風已在他的手中。

同時，高翔的心中也很同意曾保的話，雲四風自己可以拚著一死，不說出那幅畫的秘密來，然而他卻不能見死不救的。

但是，高翔更知道，自己如果不說出那幅怪畫中的秘密，雲四風一定更安全，否則，曾保一知道了秘密，如何可以希望他守信用，放出雲四風來？

高翔已經有了決定，他要盡量拖延時間！

是以他冷笑著，道：「曾保，在未能確切地證明雲四風的確是在你手中之際，我不會聽信你的任何花言巧語，再會！」

「別忙，」曾保忙說：「我的一個手下，會帶幾張照片來給你看看，在那幾張照片中，你可以看到雲四風目前的處境。」

高翔立時應道：「我不信你有那麼大膽的手下！」

「任何人都有這樣的膽子，高主任，別忘記雲四風在我們的手中，你不想雲四風有什麼意外的，所以我的手下也絕對安全。」

高翔呆了一呆，心中暗忖，曾保能在南洋一帶橫行如此之久，果然有他的厲害之處，高翔道：「好的，我在辦公室等他。」

「唔」地一聲響，曾保已掛上了電話。

在車房中的雲四風，這時，又聽到了捲鐵門被推起的聲音，有人持著相機，來到了車前，對著他拍了一張照片，隨即將相片抽了出來。

那人望著相片，說道：「不錯，要不要再來一張！」

雲四風滿面怒容地望著那人，那人又立時按下了相機，他拍了兩張照片之後，立時退了出去，又將車房的門拉下。

三十分鐘之後，一個一臉精悍之色的中年人，衣冠楚楚，在一個警員的帶領下，走進了高翔的辦公室，將兩張照片放在高翔的辦公桌上。

高翔拿起照片，看到雲四風被困在車廂之中。

那人指著照片，解釋道：「車子是特製的，全是合金鋼板和鋼化玻璃，他完全不可能脫身，而車前有一個按鈕，可以向車後噴射毒氣，高主任，我們完全不希望他受傷，所以，曾大哥才請你合作，將那幅畫的秘密告訴他，那樣，大家都好。」

高翔只向照片望了一眼，就一直盯著那人。那人的神態很鎮定，鎮定得有點異乎尋常。

高翔盯著他，冷冷地道：「朋友，你帶來的這兩張照片，就是你的犯罪證據，它們可以使你在監獄之中，度過下半世。」

那人立時道：「是的，但一小時內，沒有我的資訊，就會有人去按動那個毒氣掣，雲四風的下半世，就只剩下一分鐘了！」

高翔沉聲道：「或許，我們可以達成一項協議，警方可以撥給你一筆極高的獎金，同時，作為警方證人，你可以免於被起訴。」

那人搖著頭，道：「高主任，你想到的一切，曾大哥也早已想到了，第一，我對他很忠心，第二，我的妻子和兩個女兒全在他的手中。」

「那是不成問題的，」高翔忙道：「你提供了消息之後，警方採取迅雷不及掩耳的行動，不會危及你的妻子和女兒的。」

那人仍然搖著頭。

高翔又道：「朋友，你現在是一個罪人，你在陰暗的角落中過日子，為什麼你不站到陽光下面來，做一個光明正大的人？」

那人仍然搖著頭，道：「高主任，那是不可能的，你不必白費心機了，我不會出賣曾大哥的，現在，你有什麼消息給我帶回去？」

高翔提著那兩張相片，在桌上輕輕地敲著，道：「朋友，你希望我給你什麼消息？那是有關上億元的巨大財富，我要和他親自接頭。」

「那也可以，你就和我一起去見他。」

高翔呆了一呆，他想不到那人會說出這樣的話來。

在高翔一呆間，那人又道：「自然，在一離開警局之後，你就必須被蒙上眼，由我帶你前去，曾大哥會在某一處地方接見你。」

高翔皺著眉，他在想，自己去和曾保會面，會有什麼好處呢？自然可以達到進一步拖延時間的目的。但是，若是自己去了，那麼，不但雲四風落在他的手中，自己再想要回來，只怕也是十分困難的了。

高翔站了起來，繞過了辦公室，來到了那人的身邊。

他一到了那人的身邊，發現自己和那人的高度不相上下，高翔心中陡地一動，伸手在那人的肩頭上拍了一下，道：「你信不信，在十五分鐘之內，我可以化裝得和你一模一樣，就算坐在曾保的面前，曾保也一定會認不出來？」

那人道：「我絕不懷疑，可是那有什麼用？」

高翔的心中暗嘆了一聲，對的，那實際上是沒有用的，他雖然可以化裝得和那人一樣，但是他根本不知道曾保在什麼地方！

高翔真感到棘手了，他來回踱著。

那人卻冷冷地道：「高主任，你應該快一點有決定了，曾大哥是說一是一的人，如果我太遲了沒有消息的話，那就會有悲劇發生了！」

高翔裝著不經意地道：「你可以打一個電話告訴他，我正在考慮！」

6 各顯神通

如果那人真肯打一個電話給曾保的話，那麼，什麼問題都解決了，高翔立時可以根據他撥動電話號碼盤的時間中，弄明白電話號碼。

而有了曾保的電話號碼之後，就等於有了曾保的地址。

然而，那人卻沒有這麼輕易上當，他搖著頭，道：「高主任，我們都不是小孩子了，你何必說些那樣的笑話？」

高翔怒道：「那麼，當我說出了秘密之後，雲四風有什麼確實的保證，可以獲得釋放？沒有保證，我又怎能答應他的條件？」

那人道：「所以最好還是你和曾大哥去直接交談！」

高翔倏地轉過身，按下了桌上對講機的通話掣，道：「來兩個人。」

他關上了通話掣，又瞪視著那人。

辦公室的門打開，走進來兩個警員，高翔向那人一指，道：「將他扣留起來！」

那人像是想不到高翔在突然之際，會有那樣的決定，是以他震了一震，但是當兩個警員抓住他的手臂之際，他卻還是那麼鎮定。

他道：「高主任，我不得不提醒你，我的回程需要二十分鐘，我來的時候，已用去了二十分鐘，在這裡，已經六分鐘了，你最多只能扣押我十四分鐘了。」

高翔大聲喝道：「押下去！」

那兩個警員一聲答應，挾著那人，離開了高翔的辦公室，高翔跟到了門口，眼看警員將那人押遠了，他又沉聲叫道：「于警官！」

一個年輕的警官立時立正，答應。

高翔轉身走進辦公室，他拉開抽屜，拿出了一粒膠囊藥丸來，放入口中吞了下去，又拿出一個扣針，扣在衣襟上。在那扣針上，有凸起的一點。

高翔道：「于警官，我吞下去的，和扣在衣襟上的，是無線電波示蹤儀，衣襟上的那一個，自然會被搜查拋去的，但吞進腹中的那個卻不會。」

于警官的神色十分嚴肅，道：「是！」

高翔道：「在我離去之後，你注意接收儀螢光幕上我的去向，在我靜止之後的五分鐘內，你要率眾趕到，包圍我可能在的地點。」

于警官又道：「是！」

高翔道：「這是極其重要的任務，絕對不能疏忽！」

于警官行了一個敬禮，道：「我知道了。」

高翔離開了辦公室，向臨時拘留所走去，當他來到了鐵柵附近的時候，他看到那人鎮定地坐著，他看到了高翔，翻起手腕來看了看，道：「高主任，我希望你不必去冒這個險。」

高翔冷笑著，道：「你已被警方拘控了。」

那人嘆了一聲，道：「太可惜了，我只不過是一個微不足道的犯罪分子，而雲四風卻是著名的工業家，一個傑出的青年！」

高翔又道：「我剛才和你說的那一切，你有沒有考慮過？」

那人的話，說得異常堅決，他道：「沒有考慮的餘地，高主任！」

高翔又望了他半晌，才道：「好，我跟你去。」

其實，高翔吞下了無線電波示蹤儀，就已經決定跟那人去見曾保的了，但是為了避免那人起疑，他才故意又威逼利誘，直到最後，才無可奈何地答應。

他招來了一個警員，打開了拘留所的門，那人走了出來，目光立時在高翔的衣襟上掃了一下，高翔故意裝成沒看到。

那人也沒出聲，他們一起向警局門口走去。

來到警局門口，一輛小汽車已駛了過來，那人道：「高主任，請上車。」

高翔和那人一起坐進了車子，車子向前疾駛而出，那人不住回頭向後望著，五分鐘之後，車子駛近了一輛大卡車的車尾。

大卡車車廂的尾板斜斜放下，小車子直駛了進去。

那人道：「高主任，請你做兩件事，第一，蒙上你的眼睛，第二，你衣襟上的扣針，是無線電示蹤儀吧，請你拋掉它。」

高翔怔了一怔，那人還伸手將扣針拔了下來拋出去。

這一切，本來全是高翔意料之中的事。但是，他仍然裝出苦笑的樣子來，說道：「你真夠精明，你一定是曾保手下得力的助手了，對不對？」

「可以那樣說！」那人將一個眼罩遞給了高翔。高翔蒙上了眼。

他自然不在乎被拋去的那扣針，因為真正發生作用的無線電波示蹤儀，在他的腹中，那是製作極其精巧的儀器，人體內較高的溫度，會使它不斷發出無線電波來，在接收儀的示蹤屏上，就可以知道它所在的正確位置了。

大卡車車廂後板伸上，闔起，車廂中頓時暗了下來，高翔聳了聳肩，道：「我似乎不必戴眼罩了，我根本看不到什麼！」

那人卻笑了笑，道：「小心一些的好。」

高翔的心中冷笑著，他沒有再說什麼，從那人的手中接過眼罩來戴上，他的眼前立時變得一點光線也沒有，他也索性閉目養起神來。

他感到卡車已在向前駛去了。

雖然他坐著一動也不動，但是他的心中，卻是思潮起伏，獨眼曾保絕不是一個普通的犯罪分子，從現在的情形來看，他有著精密之極的頭腦，而且，每一步的發展，似乎都在他的意料之中！

他也有點擔心于警官的跟蹤，是不是能瞞過對方。于警官的忠誠，負責，是絕不容懷疑的，但是他年紀究竟還輕，經驗不是太足，如果于警官的跟蹤失敗，那麼他就棋差一著，滿盤皆輸了！

大卡車在不停地駛著，高翔的眼上戴著眼罩，他全然不知卡車駛向何處，約莫過了二十分鐘，大卡車才停了下來。

高翔立時側耳細聽，他聽到了鐵門被拉開的聲響。

接著，大卡車便又向前駛去，但駛了極短的時間，又停了下來。這一次，大卡車停下之後，高翔又聽到了一陣「隆隆」的聲響。

高翔立時在心中問：那是什麼聲音？

直等到大卡車又駛了一下，再停下來時，高翔的心中才「啊」地一聲，有了答案，他知道了，那是車房門口鐵捲閘的聲音。

這時，他也聽到了那人的聲音，道：「到了，高主任，你可以除下眼罩來了。」

高翔伸手拉脫了眼罩，他又聽到了那一陣隆隆聲，那人已走出了車子，大卡車車廂的尾板又放下，高翔立時看到自己是在一個很大的車房中。

車房中的光線很黯淡，但是高翔也立即可以看到，車房中停著好幾輛車子，其中一輛最大的房車之中，正坐著雲四風。

雲四風將臉貼在車玻璃上，向外望著。

當他陡然看到高翔的時候，他臉上驚訝的神情，實是難以形容的，他先是陡地一呆，然後叫道：「高翔，你不該來的！」

雲四風被禁閉在車中，他的叫聲，本來高翔是聽不到的，但由於車廂中對外的對講機一直開啟著，是以高翔可以聽到他的叫聲。

高翔的反應何等之快，他幾乎是一看到了雲四風，立時身形聳動，待向前衝了過去。然而，他卻一步也未能向前衝出。

因為就在那一剎間，車後突然站起了兩個人來，那兩個人的手中，都提著連發的快槍，對住了高翔，喝道：「別過來。」

高翔略呆了一呆，他已經聽到了曾保陰沉的笑聲。

曾保的笑聲，自車房的一個角落傳來。

高翔立時轉頭循聲望去，他看到曾保坐在一張帆布椅上，那角落很陰暗，是以曾保的臉色，看來更是顯得極其陰森。

他一隻眼睛被眼罩罩著，另一隻眼睛卻睜得十分大，閃著凶光，在他的身邊，呈扇形，站著四個打手，也執著同樣的快槍。

在曾保的膝上，也放著一柄手槍。

高翔知道曾保是出名的神槍手，是以不免向他膝上的那柄手槍多望了幾眼，曾保陰森地笑著，道：「高主任，賞光。」

高翔向他指了一指，道：「你防範得那樣嚴，倒使我有點受寵若驚了！」

曾保仍然笑著，道：「那不算過分啊，高主任，你是本市警方頂尖的人物，又是東方三俠之一，我如果不小心，豈不是自找麻煩？」

高翔冷笑著，道：「曾保，我給你一個機會，現在，命令你的手下都放下武器，我可以保證你和你的手下，只是被驅逐出境。」

曾保眨著他那隻獨眼，點著頭，老奸巨猾地道：「多謝你，高主任，你的條件不能說不優厚了，可是，我一定要得到那筆財產。」

「曾保，你的財產已夠多了！」高翔厲聲說。

「是的，已夠多了，多到我這一世，怎麼也花不完，可是你得知道，這筆財產，是我在三十年之前就想要的，我不會放棄它們的。」

高翔冷笑著，道：「你的貪心，只不過使你喪失現在的所有而已，我可以告訴你，你約我來這裡相會，便是大大的失策了。」

曾保的身子略震了一震，但是他立即乾笑著，道：「不見得吧。」

高翔「哈哈」笑了起來，指了指自己的肚子，道：「我在來的時候，已吞下了一枚精巧的無線電波示蹤儀，大批武裝警員快趕到了！」

曾保靜靜地聽著，高翔心想，當自己那樣說了之後，曾保一定會大驚失色的了，可是看來，曾保卻像是沒有什麼在意。那時候，高翔還在想曾保的鎮定功夫倒不錯！

只見曾保轉過了頭去，道：「你們聽到沒有，我早就說過，高主任是非同小可的人物，他有許多妙計，可以對付他的敵人！」

在他身邊的幾個人，齊聲應道：「曾大哥說得是！」

高翔在這時，已經覺得事情有點不對頭了，他有點啼笑皆非的感覺。

曾保又道：「高主任，我早已料到了這一點，所以在載你前來此處的大卡車上，有著無線電波的干擾設備，你的無線電波示蹤儀起不了作用，希望它不會令你的肚子不舒服！」

高翔陡地一震！本來，他可以說是穩操勝券的，但是他肚中的無線電波示蹤儀的作用被破壞之後，于警官就只能跟蹤到他進入卡車時為止，是絕不可能跟到這裡來的。

那也就是說，他佈置下的一切全白費了，現在，佔優勢的不是他，而是曾保。

高翔在那一剎間，幾乎感到眼前一陣發黑！

他聽得曾保「咯咯」地怪聲笑著，道：「快端一張椅子給高主任坐，他好像不怎麼舒服，讓他坐坐，我們將慢慢談談！」

一個打手端著一張帆布椅，放在高翔的身後。

高翔自然而然地坐了下來，他覺得自己像是跌進了蛛網中的一隻小蟲一樣，不論如何掙扎，只怕都難以掙脫的了。

高翔坐下之後，曾保才道：「高主任，很對不起，你有狀元才，我有賊公計，我們是在各顯神通，現在，你對我的提議，有什麼打算？」

高翔緩緩地吸了一口氣，他立時恢復了鎮定。

剛才那一剎間，他雖然因為遭到了驟如其來的打擊，覺出自己的處境不妙，而曾經一度沮喪，但他究竟是非同凡響的人物，沮喪的情緒，不可能一直控制著他的。

他的臉上重又浮起了那種毫不在乎的笑容，道：「你提議什麼？」

曾保倒也很有耐性，他道：「雲先生在我這裡，你是看到的了，他是我的俘虜，但是你卻不同，你隨時可以離去的。」

「你的提議是什麼？」高翔再追問。

「我提議，你將那幅畫的秘密告訴我。」

「然後呢？」

「然後，你和雲先生兩人，隨便哪一個，可以先離去，另一個，要在我離開貴市之後，才能恢復自由，同時，請你們通知木蘭花回來，不必去尋寶了。」

高翔緊盯著曾保，並不出聲。

曾保在椅子上，欠了欠身子道：「你不必懷疑我的誠意，老實說，我只想得到那筆財富，並不想和你們成為死敵！」

高翔冷笑著，道：「你不必說得太好聽了，事實上，你已和我們成了敵人！你自己沒有本領看出畫中的秘密來，卻要借重木蘭花的能力，現在又用出這種手段來，在這樣的情形下，我們還不是死敵麼？」

曾保乾笑著道：「但至少還有轉圜的餘地！」

「沒有！」高翔站了起來，「除非你放棄。」

曾保的臉色，變得極其陰沉，道：「高主任，那就沒有什麼好說的了，本來，你可以自由離去，但是現在，也只好對不起了！」

高翔毫不在乎地道：「那樣只有更好！」

曾保凶狠地冷笑著，道：「還要請你原諒的是，我是一個上了年紀的人，曾經經歷過野蠻的時代，我有許多古怪的刑罰，可以使你講出真相來的。」

高翔陡地一震，他就站在那張帆布椅的旁邊，這時，他手臂一振，便已抓住了那張帆布椅，向前用力拋了出去。

他才一拋出那張帆布椅，槍聲便響了！

在車房中聽來，槍聲響得更是震耳欲聾。

那張帆布椅還在半空之中，便被槍彈射得向外翻飛了出去，而高翔在一拋出了帆布椅之後，身子立時向後倒了下去。

他一倒在地上，就迅速無比地向後滾著。

他本來是想滾到禁閉雲四風的那輛車子之旁，先設法將雲四風救出來的，可是，他只滾了一下，便知道那是不可能的事了！

因為在那輛車後的兩個槍手，已然向地下掃射起來，子彈射在水泥地上，又迸彈了起來，使高翔根本沒有再向前去的機會。

高翔在那樣的情形下，只有身子陡地一旋，改向橫滾了出去，他翻過了另一輛車子，到了那輛車的後面，連射了三槍。

他那三槍，有兩槍射中了兩名打手。

曾保仍然坐在帆布椅上，縱使在密集的槍聲中，他的笑聲聽來仍然十分駭人，高翔在等著機會向他射擊，可是他卻根本無法冒出頭，子彈在不斷向下飛來。

高翔陡地竄高，又射了一槍。

當他射出那一槍之際，兩顆子彈貼著他的頰邊呼嘯而過！

那兩顆子彈和他頭部的距離，不會超過一吋，他可以感到子彈的灼熱。

高翔忙又伏了下來，他聽到子彈一顆一顆射進車子中的聲音，高翔又射出了一顆子彈，但是這一次，他並不是射向曾保的。

他射向那輛車子的油箱！

他在射出那一枚子彈之前，已然開始後退，一扳動了槍機，他立時雙手抱頭，向外疾翻滾了出去，幾乎在他向外滾出去的同時，「轟」地一聲響，油箱爆炸了！

那車子的油箱中，一定滿是汽油，因為爆炸的猛烈，遠在高翔的估計之外，當那「轟」地一下巨響傳出後，高翔立時變得什麼聲音也聽不到了，他只看到無數火球向外迸射，爆炸形成的氣浪，將他的身子湧得向外直跌了出去。

一大團直徑足有三四呎的火球，向他迎面撲了過來，他聞到了自己的頭髮上發出來的一陣焦臭的味道，他的身子連忙伏了下來。

他簡直是向地上直跌了下去的。

那樣用力而迅疾地跌下去，自然並不是一件好玩的事，但是比起被那團火球迎面撲來，總要好得多了！

他的身子才一撲跌下去，那團火球便從他的身上呼嘯著而過，高翔的衣服也著了火，這時，整個車房中，有一半在熊熊火光之中！

高翔在地上打著滾，滾熄了身上的火。

當他在地上滾動期間，他看到一個渾身是火的打手，號叫著，盲目地向前，高翔用力一伸手，揮動槍柄，向那打手的小腿敲去。

那打手發出了一下慘叫聲，仆跌下來，高翔奪過了他手中的快槍，手臂迅速地轉了一個半圈，掃出了一排子彈，又一躍而起。

這時，車房中又有一連串的爆炸聲爆發了出來。

在車房中，總是儲存著許多易燃的和容易爆炸的物品的，這一連串的爆炸，自然也在高翔的意料之中，並不能使高翔更著急一些。

令得高翔發急的是，他知道，這時候，他和雲四風兩人都處在極其危險的境地之中！

他倒還好，還容易覓地逃走。最危險的是雲四風！

雲四風被禁囚在車廂之中，只要整個車房都成了一間火海的話，那麼他絕沒有生路，而要活活被燒死在車廂之中！

所以，高翔一奪槍在手，便立時毫無目的地掃出了一排子彈，他主要的目的，是想迫退曾保等一批人，以便接近雲四風。

他一躍而起之後，已聽得雲四風大叫道：「高翔，他們已從暗門退走了，你快來！」

高翔向前奔了過去，地上還有另一個打手在滾動呼號著。

這兩個打手，可能是在第一次爆炸時，便被火球彈中，是以來不及退走的。

高翔一到了車前，便進了車子的前廂，雲四風道：「按那紅色的掣，我就可以出來了！」

高翔按下那紅色的掣，雲四風也立時扳下了門掣。

可是，車門掣仍然扳不動！

高翔著急道：「怎麼樣了？」

高翔實在沒有法子不著急，因為整個車房中已佈滿了濃煙，高翔還看到火正向兩大桶汽油燒去，這兩桶汽油若是爆炸起來，那就不堪設想了！

雲四風著急地道：「不行，我打不開！」

濃煙冒進車廂來，高翔已難以再去辨別車頭還有些什麼掣鈕了，雲四風忙叫道：「你別理我了，你只管自己覓路逃生！」

雲四風那一句話，陡地提醒了高翔。

他伸手抹了一抹汗，暗罵自己實在太笨了。他也不及回答雲四風的話，立時將百合鑰匙插進匙孔，踏下油門，車子以極高的速度向前衝去，「砰」地一聲，撞在捲鐵門之上。

捲鐵門震動了起來，高翔令車子後退，然後，以更高的速度向前撞去，發出更大的聲響，捲鐵門的動搖也更加厲害。

高翔將車子再後退，第三次，以最高的速度向前疾衝了出去。

「轟」地一聲巨響，車子已將捲鐵門撞了開來，向前疾衝而出。

那車子的性能，真是優秀得無以復加，不知曾保用了多少心血才設計成功的。它的車頭可能是最硬的合金鋼鑄成的。因為在接連三下猛烈的撞擊之下，高翔根本看不到車頭有什麼損壞，車子在衝出車房之際，幾乎是四輪懸空，直飛出去的。

然後，車子重重地跌落在地，彈了兩彈。接著，車子又向前疾衝而出！

車子衝向前去，在車後傳來了一陣密集的槍聲。

但是車子全部都是防彈的，甚至在輪胎上也有著防彈的鋼罩，子彈射過來，自然起不了作用，當高翔駕著車子，衝向鐵門之際，大爆炸立時發生了！

一定是那三桶汽油耐不住高溫而發生了爆炸。

爆炸聲之驚人，實是難以形容，爆炸的氣浪之強，也是難以相像的，高翔在倉猝間回頭看了一眼，只見車房的整幅牆都倒了下來。

這時，他們的車子離車房已有三四十碼，但是碎石和碎磚還是雨點一樣地灑了下來，自車房之中，火舌帶著「嗤嗤」聲響噴了出來。

高翔本來還準備用車子去硬撞鐵門，將鐵門也撞開來的。可是他一看到發生了那樣的大爆炸，他卻放棄了那樣的打算。

因為即使是在郊區，這樣猛烈的爆炸，也必然會引起警方的注意，大批警員和消防人員會在最短時期內趕到現場的！

高翔回頭看著，只見那幢在車房不遠處的洋房也著起火來，警車的嗚嗚聲，已迅速地自遠而近傳了過來。

雲四風咬牙切齒道：「曾保這賊子，應該沒有機會逃出去的！」

可是，就在此際，只聽得後院突然響起了一陣「軋軋」聲來，接著，一架小型直升機已然迅速升空，可以看到，在直升機中，擠著六七個人。

高翔跳出車子，提起手中的快槍，向天空之中掃去。

但是雙方之間的距離太遠了，如果高翔手中所持的是遠距離射擊的來福槍的話，他可以輕而易舉地將那直升機射下來的。直升機迅速飛高，轉眼之間，已看不見了。

那時，幾輛警車已開到鐵門前，十幾個警員攀上鐵門，高翔看到攀得最快的那個，正是于警官，他從鐵門上跳下來喝道：「舉手，別動！」

高翔忙道：「于警官，是我！」

于警官呆了一呆，「啊」地一聲，高翔道：「我什麼全知道了，快打開鐵門，可能還有匪徒未及逃走，消防人員來了麼？」

消防車也在這時趕到，大隊警員衝了進去，七八個匪徒從屋子中被趕了出來，俯首就擒，高翔這才將車子試按了幾個掣，將雲四風放了出來。

雲四風出了車廂，深深地吸了一口氣，道：「可惜給曾保這賊子溜走了！不過，他也可以算是賠了夫人又折兵了！」

高翔望著直升機飛去的方向，道：「他不肯就此干休的，他吃了一次虧，第二次再來的時候，只怕來勢只有更加凶狠！」

雲四風和穆秀珍成了夫妻，在許多時候，他也在不知不覺中學會了穆秀珍的動作，這時，他搓著手，道：「不怕他狠，只怕他不來。」

那七八名匪徒全被戴上手銬，押到了高翔和雲四風的面前，消防人員已開始在灌救了，高翔向那八個匪徒冷冷地望著。

八個匪徒全都低下頭來，沒有一個敢向高翔反望的。

犯罪分子總是那樣的，不論他們在犯罪時的氣焰多麼高，但是一在正義之前，就抬不起頭來了。

高翔緩緩地道：「誰能提供獨眼曾保去路的消息的，可以從寬發落，我看你們，每人至少被判十年以上的徒刑，知道的快說出來！」

那些匪徒都苦笑著，高翔道：「你們全是曾保的心腹，他會退到什麼地方去，你們是不會不知道的！」

一個中年匪徒苦笑著，道：「高主任，我們全是三三兩兩來到本地，然後再集中，曾保逃走的時候也不帶我們走，我們實在沒有理由再代他隱瞞，我們不知道他會到什麼地方去！」

高翔「哼」地一聲，揮著手，道：「全押上車去！」

他伸腳在那輛車上踢了踢，笑道：「雲四風，這輛車子真不錯，總算是警方的收穫了。」

雲四風也踢著車子，轉到車頭看看，爽朗地笑了起來。

7 吸血鬼

海面上仍然那麼的平靜，穆秀珍和木蘭花一起坐在甲板的帆布椅上，安妮從駕駛艙中走了出來，道：「照現在的速度，還有六十小時可以到目的地。」

穆秀珍斜望著木蘭花，嘆了一聲，道：「悶死人了！」

木蘭花立時知道了她的意思，道：「沒有絕對必要的話，『兄弟姐妹號』不起飛，如果潛航的話，可以增加一倍以上速度，你選擇哪一樣？」

穆秀珍考慮也不考慮，便道：「潛航！」

木蘭花笑道：「那也好！」

她們站起身，一起走到了駕駛艙中，安妮操縱著掣鈕，不一會，「兄弟姐妹號」已經在海底以更高的速度潛航向前了。

木蘭花來到臥艙中，打開了幾本厚厚的書，用心地參照著閱讀，穆秀珍和安妮玩了一會猜謎遊戲，又覺得不耐煩起來。

她探頭進來，向木蘭花望了一下，道：「蘭花姐，你在看什麼書？」

木蘭花並不抬起頭，道：「我想弄清楚，為什麼二三七島會被附近島嶼上的土人視為禁地，這其中一定有原因。」

穆秀珍笑了起來，道：「島上土人相信的事，有什麼原因？他們有什麼知識？自然是迷信而已！」

木蘭花搖搖頭道：「秀珍，如果你肯多讀一些書，你說起話來，絕不會那麼武斷了，你看，書上記載著，那島上有許多次神秘死亡的紀錄！」

穆秀珍仍然不服氣，但是她卻也想不出用什麼話來反駁木蘭花，是以她只好眨著眼。

木蘭花又道：「我想，那地方一定是極其奇特的所在！」

穆秀珍不肯思索的老毛病又犯了，她揮著手。「理它做什麼？反正我們上了島就可以知道了！」

木蘭花瞪了她一眼，她縮了縮頭，退了出去。

「兄弟姐妹號」在潛航的時候更穩定，穩得就像船根本不在前進一樣，穆秀珍倒頭大睡，安妮則在駕駛艙中注視著海底的情形。

一切都很正常，木蘭花在過了幾小時之後，叫安妮去休息，她在駕駛室中當值。那時，她又和高翔通了一個電話。

高翔在電話中，將事故發生的經過，詳詳細細地講給木蘭花聽，木蘭花用心地聽著，等到高翔講完之後，她笑道：「早知有那樣刺激的事，只怕秀珍寧願留在家裡了！」

高翔笑了起來，道：「你們怎樣了？」

「我們一切正常，我已在書籍的記載中，推斷那島上可能有極其猛烈的天然毒氣，好在我們帶有防毒面具和壓縮氧氣，不會有什麼意外的。」

「我只怕曾保來生事，他一定是逃回去了，他在南洋一帶的勢力十分大，眼線也很廣，他可能偵知你們的行蹤！」高翔關切地說。

「高翔，你們兩個人都可以對付得了曾保，別忘了我們是三個人啊！」木蘭花笑著回答，「我再隨時和你通電話，再見。」

高翔也道：「再見。」

木蘭花放下了電話，發了半晌怔。

她和高翔相識已很久了，在一起的時候，還不覺得怎樣，可是最近幾次，每次分手，木蘭花總是出奇地想念著高翔。

她並無意擺脫這種感情上的羈絆，她知道自己這種感覺由來，是由穆秀珍突然決定結婚而來的。不管她是一個多麼超卓的人，但是她卻和普通人一樣，有著豐富的感情，只不過她冷靜的頭腦，時時可以遏制她的感情而已。

她低低地嘆了一聲，心中有一股說不出來的悵惘之感，她多麼希望這時高翔突然出現在她的身邊，握著手向她求婚。

在如今那樣的情形下，只怕她會立即答應的。

木蘭花站了起來，在駕駛艙來回走動著，她情緒的波動並沒有持續多久，便又冷靜了下來，她攤開了海事圖，詳細研究著方位。

再不到十小時的航程，她們就可以抵達目的地了。

在那時，穆秀珍打著呵欠走了進來，搖著頭，道：「真慢，如果在天上飛，早就到了。」

木蘭花道：「現在也快了，你來當值，我去休息一下。」

穆秀珍在控制台前坐了下來，仍然是呵欠連連的。

等到木蘭花一覺睡醒之後，她竟覺出船身在輕微地震盪著，她立時知道，那一定是穆秀珍將速度提高到了所能達到的最高限度。

她看了看時間，估計照那樣的速度行駛，應該已經接近目的地了。她忙來到了駕駛艙，穆秀珍興高采烈道：「還有半小時！」

「我們該將船升出水面了。」木蘭花說。

穆秀珍迅速地按著掣鈕，「兄弟姐妹號」浮上了水面，鋼板縮進了船舡中，海水「嘩嘩」淌下，那正是清晨時分，海風相當強勁。

安妮也醒了，她們三人一起在甲板上，迎著海風。

到了上午八時左右，她們已可以看到很多小島的影子了，她們知道，那些小島，全是一些海礁，是亞南巴群島外沿的一些無人的荒島。

她們漸漸接近那些小島，在小島和小島之間，海水形成相當湍急的水流，「兄弟姐妹號」穿過那些小島，漸漸向一座大島接近。

那座大島，四面全是高聳入雲的削壁，只有一面，沿海的地方有一片沙灘，可以看到有一個峽谷，可以通向島的內部地區去。

在海面上，還可以看到很多木筏，在海面上划著，木筏上站著不少膚色黝黑的土人，他們的手中，都持著鋒利的標槍。

穆秀珍吃了一驚，道：「這些人在幹什麼？」

木蘭花道：「如果你肯看書，你就不會問我了。這裡一帶，是著名的鯊魚產區，他們是在用原始的方法捕捉鯊魚，剖魚翅！」

穆秀珍噘著嘴，道：「又是看書，我大不了不吃魚翅，有什麼關係？」

安妮突然伸手向前一指，道：「看！」

在離她們不遠處的一個木筏上，兩個身形高大的土人，正用鋒銳的標槍向海中投去，在鏢槍刺下的海面上，立時浮起了一片殷紅。

一條至少有十五呎長的大鯊魚，突然從海水之中翻騰了起來，尾部重重的掃在木筏上，將手臂粗細的木棍，擊斷了好幾根！

安妮緊張得喘不過氣來，道：「太危險了！」

木蘭花道：「他們的村落中，全是殘廢的老人，都是捕捉鯊魚時受傷的，他們一直沿用原始的方法，是由於他們實在太窮困了！」

安妮皺著眉，道：「蘭花姐，如果我們能幫助他們，那麼豈不是可以改變這種情形了？」

這時，那條鯊魚還在用力翻騰著，那兩個土人站在木筏上，用力曳住了標槍尾端的鐵鏈，用他們的體力，在和鯊魚搏鬥。

海面上泛起的浪花，全染滿了魚血，木筏在波濤翻湧中，脆弱得像是隨時可以斷裂開來的紙片一樣。木蘭花並沒有立時回答安妮的話，只是凝視著那兩個土人的動作。

鯊魚的掙扎終於慢了下來，那兩個土人，用力將龐大的魚身拖上木筏，其中一個，又舉起一柄鋒利的刀，向魚鰓中刺了進去。

鯊魚被捕獲了，筏子上的土人，都唱起了一種低沉而悲涼的歌，但是在歌聲之中，也可以明白他們有了收穫之後的歡欣。

木蘭花直至這時才道：「安妮，你說得好，他們這種捕捉鯊魚的辦法，的確有改良的必要，我們可以和他們的領袖談談。」

這時，「兄弟姐妹號」已越駛越近了，筏子上的土人也都發現了「兄弟姐妹號」，他們紛紛划著筏子，向「兄弟姐妹號」靠來。

木蘭花回頭道：「安妮，將船停下來。」

安妮走回駕駛艙中，船行的速度立時慢了下來，只是在海面之上，緩緩滑行著，不一會，便完全停了下來，而筏子也將船圍了起來。

在筏上的土人，都仰起了臉，用好奇的眼光，望著甲板上的穆秀珍和木蘭花，由於長期來的海洋生活，他們的皮膚全是粗糙而黧黑的。

木蘭花向他們友善地笑著，大聲問：「你們在什麼島上居住？」

那些土人顯然都聽不懂木蘭花的話，木蘭花用了好幾種語言，他們都沒有什麼反應，直到有一艘小船，飛快地搖了過來，船上有一個很壯碩的年輕人，一面運槳如飛，一面大聲叫嚷著，轉眼之間，小船便來到了「兄弟姐妹號」的附近。

那年輕人的面上帶著怒容，一到了「兄弟姐妹號」之旁，他就怒沖沖地道：

「小姐，我們正在捕魚，請你離遠一些！」

那年輕人所說的，竟是十分純正的英語，而且，木蘭花也立即看出，那年輕人的裝束打扮，雖然和其他土人一樣，但是他顯然曾受過高等的教育！

穆秀珍一聽得那年輕人的埋怨，先叫了一聲，但木蘭花立時瞪了她一眼，不讓她出聲，道：「對不起，我們不是故意的。」

那年輕人「哼」地一聲，道：「那就請你們快駛開去！」

安妮也來到了甲板上，她望著那年輕人，道：「你們捕鯊魚的方法太落後，那簡直是拿人的生命，在換取鯊魚的魚翅！」

年輕人瞪視著安妮，過了好一會，他才「哼」一聲，道：「你說得對，小姐，或許他們願意葬生在大海中，比活著還好些！」

木蘭花皺起了眉，那是極沉痛的幾句話，這也說明了她的料斷，如果不是一個受過高深教育的人，是不會說出那種深刻的話來的！

木蘭花徐徐地道：「鯊魚的產品，在國際市場上的價格相當高，我想你是他們的領導人，你應該設法引導他們改善操作的方法。」

那年輕人的面上，現出十分悲憤的神色來，道：「你知道什麼？你們只知道駕著遊艇，四處作樂，我們的痛苦，你們怎能知道？」

木蘭花的語氣更沉緩，她道：「先生，你叫什麼名字？我叫木蘭花，這是我的妹妹穆秀珍，和我們的小妹妹，安妮。」

木蘭花自我介紹著，因為她知道，如果那年輕人是在外地受過高等教育的話，那麼該知道她的名字，談起話來，就方便得多了。

果然，木蘭花才一說出了自己的名字，那年輕人便睜大了眼睛，現出驚喜交集的神情來，他發出了一下呼叫聲，然後才說道：「原來你是木蘭花小姐！」

穆秀珍冷冷地道：「不是只知道駕著遊艇玩耍的人了吧！嗯？」

那年輕人的神情有些尷尬，他道：「我是都曼，是村長的兒子，我曾在大學唸書，但是沒有畢業，我就回來了，我可以上船來麼？」

「可以，歡迎之至。」安妮忙說。

都曼一躍上船，向圍在附近的筏子揮手高叫，那些筏子全部划了開去，都曼道：「你們要到什麼地方去，我可以做嚮導。」

木蘭花道：「我們要到二三七島去。」

木蘭花一面說，一面伸手，向前指了一指。

二三七島就在約半浬外，峭壁交聳，看來十分雄偉。

都曼一聽得「二三七島」四字，面色便變了一變，道：「二三七島，那是死亡島啊！」

木蘭花皺著眉，道：「我想聽聽你的意見。」

「從來也沒有人到那島上去，一到了島上，人就會死，就不能回來，那是多年來的傳說，附近島上的人都知道的！」

穆秀珍道：「唔，你是上過大學的人，難道你就不去研究一下，是為了什麼原因麼？」

都曼苦笑著：「我們的生活太苦了，除了與生活搏鬥之外，我們根本沒有時間去想別的事情，蘭花小姐，我也知道，魚翅的價格很高，但是曾保的海產公司，都以低得可恥的價格向我們收購魚翅，他的公司霸佔了市場，不用低價賣給他，就根本賣不出去！」

木蘭花緩緩地吹了一口氣，道：「曾保！就是瞎了一隻眼的曾保？」

「是的，他是吸血鬼，我們村中，幾乎每一個人都欠他的錢，那是一輩子也還不清的高利貸，他就那樣吸著我們的血！」

安妮大聲叫了起來，道：「太可惡了！」

「我從學校一回來，就去找他理論，」都曼激動地說：「可是，我被他手下的打手毒打了一頓，足足養了三個月傷！村民很擁戴我，他們寧願自己受苦，也不願我再給曾保的打手毒打，他們都是那麼善良的人，只有曾保那種禽獸不如的人，才忍心欺壓他們！」

穆秀珍大叫了起來，道：「走，我替你們找他去！」

木蘭花緩緩地道：「都曼，我們要到二三七島去，但是我們希望多瞭解一下那個島的情形，所以想先拜訪一下你們的村落。」

「歡迎，真太歡迎了！」都曼搓著手，高興地說著。

木蘭花道：「你們居住的島在那裡？」

「那是一個小島，繞過了二三七島，就可以看到了！」都曼伸手向前指著，他奔回船舷去，將他的小船繫在「兄弟姐妹號」上。

安妮又回到駕駛艙，「兄弟姐妹號」又向前駛去，繞過了雄偉峻奇的二三七島，他們立時看到了另一個小島，遠遠地望去，那島的沙灘上，有著一個碼頭，碼頭旁縛著兩艘很新型的小輪船。

而更令得木蘭花她們驚訝的，是島上的一塊高地上，有著一幢很美麗的洋房，穆秀珍問道：「好啊，這是你的房子麼？」

都曼苦笑了起來，道：「我們的房子，還不如這房子的狗屋！那就是曾保的海產公司，曾保的一個得力手下，和二十個打手住在裡面。」

穆秀珍道：「不怕，我看這房子中就快沒有人了！」

都曼像是一時之間還不明白穆秀珍那樣說是什麼意思，但是當他明白了之後，他又現出一種憂慮的神色來。

他說：「穆小姐，他們是一個無法無天的強盜集團，而且，他們有著精良的武器，他們還和曾保的總部有聯絡，隨時可以有增援到來！」

穆秀珍搖手道：「什麼都不怕！」

木蘭花道：「秀珍，由我來安排，我們要先禮後兵，請他們離開這個島，別再強迫低價收購漁獲物，看他們怎麼說。」

穆秀珍道：「那才真是與虎謀皮哩！」

木蘭花笑了笑，道：「或者是，但是我也另有作用，我們只要一登上那島，曾保就會接到通知，一定也會趕來和我們見面的。」

穆秀珍也笑了起來，道：「我明白了，一網打盡！」

木蘭花對都曼點了點頭，道：「請你在甲板上等一下，他們既然有精良的武器，我們自然也不能不設防，是以要準備一下。」

都曼的神情，始終是又是高興，又是憂慮，他不住點著頭，又道：「蘭花小姐，如果為了我們的事，使你們有什麼損失——」

木蘭花打斷了他的話頭，道：「你不必放在心上，我們和曾保之間，也有一點糾葛，是遲早要作一個了斷的，不單是為了你們。」

木蘭花和穆秀珍兩人來到了艙中，她們每一個人，都配帶了許多精巧、實用的武器，包括小型強力炸彈，小型強力煙幕彈，以及麻醉槍在內。她們將同樣的武器，也給了安妮一個。

「兄弟姐妹號」漸漸駛近，已靠在碼頭上了。

碼頭上很忙碌，有兩個氣勢凌人的大漢，正在吆喝著，指揮土人，將一個一個的魚翅運上輪船去，在碼頭上，還放著一張桌子。

在桌後，坐著一個面目陰森的人，桌前排著十來個土人，每一個土人的腳下，都放著一捆魚翅，那人數出兩張鈔票，就揮手叫土人將魚翅搬到船上去。

木蘭花等人上岸的時候，那三個大漢都冷冷地向她們望了一眼。

穆秀珍大踏步走向前去，當她看到桌後的那人，用兩張小面額的鈔票，就向土人換了一大捆魚翅之際，她不禁怒火中燒，翻手一掌，拍在桌子上，大喝道：「這算是什麼價錢？」

桌後的那人抬起頭來，陰森地一笑，道：「小姐，關你什麼事，這是他們自己願意賣給我們的，你看到沒有，他們排隊來求售！」

穆秀珍怒道：「從現在起，不賣了！」

那人面色一沉，道：「如果你是在開玩笑，那麼請你走遠一點！」

穆秀珍陡地伸出手，隔著桌子，抓住了那人的衣領，將那人直提了起來，另外兩個大漢一見這等情形，立時奔了過來。

可是他們才奔了兩步，安妮早已扳動了麻醉槍的槍機。穆秀珍和安妮的行動，全是連木蘭花也未曾料到的，那兩個正在向前奔出的人，如何預防得到？

兩支麻醉針射出，正射在那兩人的腿彎上。

等到那兩人覺出不對時，他們的腿已喪失了知覺，「砰砰」跌了下來，眼珠轉動了兩下，便已經昏迷不醒了。

穆秀珍身子後退，手背振動，將那人從桌子後面直拖了出來，桌子也撞翻了，穆秀珍怒得俏臉通紅，道：「你們這些畜牲，人家用性命換來的東西，卻餵飽了你們這批吸血鬼！」

那人的面色青白，雙手亂搖，連聲道：「有話好說！」

木蘭花走了過來，道：「秀珍，放手！」

穆秀珍鬆開了手，那人跌在地上，狼狽地爬了起來，道：「你們算什麼，我們的海產公司，是合法的收購公司，你們——」

木蘭花冷冷地道：「別對我說合法，朋友，曾保屬下的事業，和合法兩字，是從來也扯不上關係的。在這裡，誰是負責人？」

那人呆了一呆，道：「是霍大哥，你是——」

木蘭花冷靜地道：「我是木蘭花！」

那傢伙聽得木蘭花的名字，身子陡地一震，張大了口，半晌合不攏來，身子也不由自主發起抖來，剛才對著土人的凶焰，也不知道到哪裡去了。

木蘭花道：「走，帶我們去見你的霍大哥！」

那人轉過身，急急向前走著，穆秀珍和安妮立時跟在他的後面，木蘭花向都曼道：「你告訴村民，不要驚慌，也不要衝動！」

都曼點著頭，可是他又道：「蘭花小姐，我們受欺壓太久了，如果有人帶我們反抗，我可以叫村中所有的壯年人都幫你們的。」

木蘭花道：「不必要，我自有辦法。」

她看到穆秀珍和安妮已走出了十多碼，便不再和都曼多說什麼，追了上去。

不多久，他們便來到了那幢洋房的大門前，有兩個人正好從門中走了出來，一看到那人，便奇道：「咦，什麼事？」

那人一直在發著抖，一句話也講不出來。

自屋中走出來的那兩個人，也十分機靈，立時用懷疑的眼光，向木蘭花等三人望了過來，可是他們還只不過開始懷疑，穆秀珍卻已出了手！

穆秀珍陡地跨向前，雙臂一振，一起勾住那兩人的頸，接著，身形一沉，手臂向上翻起，那兩人慘叫一聲，已被穆秀珍拋得向屋中直跌了進去！

穆秀珍一拋出了那兩個人，身子一翻，一個打滾，也已闖進了屋子之中，大廳上有六七個人，正圍著一張大方桌在賭錢。

那兩個人被穆秀珍拋得直跌了進去，其中一個，收不住勢子，「砰」地一聲響，直撞在那張桌子之上，桌上的錢、牌，一起飛了起來。

聚賭的那幾個人，還不知道發生了什麼事，紛紛喝罵起來，在他們混亂中，穆秀珍早已一躍而起，向前撲了過去。

她向前撲出，雙拳齊揮，「砰砰」兩聲響，已擊中了兩個人的下頷，那兩人向後跌翻了出去，其餘人已知道是怎麼一回事了，其中一個，拿起一張椅子，便向穆秀珍當頭砸了下來。

穆秀珍的身形何等靈活，而且，她好久沒有打架了，正悶得心頭發慌，這時有了那樣可供她大打特打的機會，她如何肯放過？

當那張椅子向她的頭砸下來之際，她陡地向後一縮，身子突然向前俯下去，她身子一俯，那人一擊擊空，穆秀珍雙手向後一揚，將那人的身子直翻了過來，那張椅子也在此際砸下！

那時，椅子自然砸不中穆秀珍，而砸在被穆秀珍摔出的那人身上，穆秀珍大聲酣呼，身子一挺，雙肘已一起向後撞去。

只聽得「砰砰」兩聲響，在她的身後，已傳來了兩個人的慘叫之聲，而就在此際，穆秀珍已看到，在她面前的兩人已掣出了槍來。

穆秀珍大叫了一聲，身子向上直彈了起來，人在半空之中，雙腳已然踢出，「砰砰」兩聲響，踢中在那兩人的面門之上！

那兩人雖然已拔槍在手，但是穆秀珍的攻勢實在來得太快，那兩人只覺得眼前一黑，鼻梁骨上一陣劇痛，已被踢中。

剎那之間，他們只覺得天旋地轉，身子打著轉，向外跌了出去，而穆秀珍已在他們身子中間穿了過去，身在半空中一轉，已落下地來。

連那兩個在門口被穆秀珍摔進來的兩人在內，一共是八個人，可是穆秀珍一衝了進來，不到三分鐘，已將那八個人打了個落花流水！

穆秀珍一轉過身來，一探手，從牆上摘下了一柄手提機槍來，她背靠牆而立，向天花板上掃出了一排子彈，天花板上的一盞吊燈被掃成粉碎。

碎玻璃片一起落了下來，那八個人在槍聲一響之後，立時僵立不動。

安妮在門口看到穆秀珍大展神威，大叫道：「打得好！」

穆秀珍厲聲道：「誰是姓霍的王八蛋？」

那八個人一起抬頭向上看去，就在這時，穆秀珍也聽得樓上傳來了一陣腳步聲，她立時抬頭看去，只見又有五六人準備從樓梯上衝下來。

穆秀珍的槍口，立時對準了他們，喝道：「別動！」

那些人中，有的立時站定，有的還想去拔槍。

可是木蘭花和安妮，也早已進了屋子，安妮連射出了三枚麻醉針，有三個人立時從樓梯上骨碌碌地滾了下來。

木蘭花望著上面，道：「所有的人也下來，將手放在頭上，面對著牆壁站著別動！」

安妮叫道：「聽到了沒有，蘭花姐姐說了，你們若是不做，那可是自討苦吃！」

安妮口中的「蘭花姐姐」四字，像是有著不可異議的魔力一樣，樓上的七個人，一個個將手放在頭上，向下走了下來。

木蘭花數了數，一共是八個人，加上客廳中的八個，是十六個，一個還在門口發著抖，兩個昏倒在碼頭上，都曼曾說他們一共是二十個人，也就是說，只有一個還未曾出現。

木蘭花料到，那還未曾露面的人，一定就是那個姓霍的首腦人物，是以她冷笑著，道：「霍先生，你不必藏頭露尾了，請出來吧！」

她的話才一住口，便看到二樓的一間房間中，走出一個四十左右，一臉橫肉的中年人來，那中年人怒道：「木蘭花，我們和你，河水不犯井水！」

木蘭花冷笑著，道：「所有不法分子都是我的敵人，你是要自己走下來，還是喜歡從樓梯上面，一直滾到下面來？」

那中年人臉色鐵青，慢慢向下走來。

其餘的人，都已面對牆壁伏在牆上，木蘭花三人已完全控制了整幢屋子。

木蘭花冷笑道：「你是這裡的負責人？」

那中年人道：「是的。」

「我要你立即結束這家公司，再也不准濫殺村民！」木蘭花嚴厲地說著。

那中年人冷笑著，道：「木蘭花，那是沒有用的，這裡所有的島嶼，全是曾大哥的勢力範圍，你能永遠留在這裡麼？」

木蘭花冷笑道：「你說得對，所以，我要和獨眼曾保談一談，我知道你可以和他聯絡，叫他到這裡來見我，我知道他對我的行蹤很有興趣，一定會來見我的。」

那中年人乾笑著，道：「好，木蘭花，我佩服你的膽量！」

木蘭花叱道：「少廢話，快去和他聯絡！叫他快來！」

那中年人又凝視了木蘭花一會，才道：「你不必心急，至多四小時，他一定可以趕到，那時就有你瞧的了，木蘭花！」

穆秀珍在那中年人的身後，陡地跳了過來，「啪」地一聲，重重打了那人一個耳光，手中的槍柄一橫，將那中年人撞出了一步。

她喝道：「還不快去，你就真夠瞧了！」

那人爬起身來，咬牙切齒，一言不發，向二樓走去。

木蘭花和安妮互望一眼，她們兩人不斷扳動槍機，麻醉針一枚一枚射出，將那些人一起麻醉了過去，穆秀珍奔上了二樓。

她看到那中年人正對著一具無線電通訊儀在叫著，道：「快通知曾大哥，木蘭花在南鯊島上，請他快來，立即就來！」

穆秀珍取出麻醉槍，射出了一枚麻醉針，那中年人的身子一側，也昏了過去。

在客廳，木蘭花已走出了門口，都曼帶著三五十個年輕人，手執著木棍，奔了上來，他看到了木蘭花，才鬆了一口氣，道：「我們聽到了槍聲，以為你們已遭了這些人的毒手！」

木蘭花笑道：「他們還沒有那麼大的本領，都曼，你來得正好，弄一些繩子來，將他們全部綁起來，你去召集村民，我有話說。」

都曼答應吩咐著，那些年輕人立時四下散了開來，都曼道：「蘭花小姐，請你跟我來，我們的村前有空地。」

木蘭花叫道：「安妮，秀珍，跟我來！」

8 魔畫解密

穆秀珍和安妮奔了出來，和木蘭花一起，跟在都曼的後面，向前走去，不一會，她們看到了幾排十分簡陋的茅屋。

在茅屋前面，有一大幅空地，空地面對著海灘，村民已從四面八方湧到空地上來，交頭接耳，議論紛紛，有不少殘廢的人，也由人抬了來。

都曼的父親，是一個已然很老邁的老人，他也拄著杖來了，他臉上憂形於色，和都曼在不斷地爭論著，但都曼卻十分激動，分明不同意他父親的話。

他們父子兩人一起來到了木蘭花的身邊，木蘭花道：「都曼，你告訴所有人，我將會獲得一大筆財富，用這筆錢，附近幾個島嶼上的人，就可以自行組織一個銷售市場，以合理的價格向市場抛售產品，不必受到別人的盤剝了！」

都曼張起了手，大聲翻譯著木蘭花的話。

每一個人都靜靜地聽著，等都曼說完了之後，老村長大聲向都曼問了幾句話，木蘭花立即道：「都曼，村長說什麼？」

「我父親說，曾保有兵艦，有直升機，我們的反抗，只會遭到他更瘋狂的報復，所以，他擔心我們是不是能夠成功。」

木蘭花道：「請他放心，我們一面做準備，疏散所有的人，到島後的安全地帶去，由我們，以及你，都曼，帶幾個會用槍械的人對付他們！」

都曼嘆了一聲，道：「蘭花小姐，可是我也擔心，曾保的實力十分強大！」

「你放心，他們有一具無線電通訊儀。安妮，你立時設法和最近的政府部門聯絡，請他們從速派警員或軍隊前來！」

都曼滿面喜容，將木蘭花的話宣布了出來，也立時引起了一陣歡呼聲來，都曼已指派了幾個人，帶著村民，躲到島的背面去。

安妮和穆秀珍又奔向那幢洋房，去和當地的政府聯絡，木蘭花來到了村長前，道：「都曼，我想問你的父親有關二三七島的問題。」

都曼將木蘭花的話翻譯了，村長吃驚地搖著頭，都曼道：「我父親的意思，和我一樣，那是死亡之島，沒有人可以上去的！」

木蘭花道：「難道就沒有一個人上去過而生還的麼？」

都曼又和父親交談了片刻，才道：「我父親說，在他小時候，有一個天不怕地不怕的人曾上去過，是活著回來的。」

「島上情形怎樣？」木蘭花忙問。

都曼轉問著村長，村長揮動著手，不斷地說著。

都曼道：「我父親說，那人是走上島去，開始的時候，沒有什麼異樣，但是走進去後，他看到了一片血紅，一個血紅的妖魔向他撲來，他感到咽喉被人捏住，透不過氣來，用盡了氣力，才掙扎回來。」

木蘭花用心地聽著，都曼擔心地問道：「蘭花小姐，你不是要到那島上去吧？」

木蘭花笑著，道：「我要去的，不然你們十幾個島嶼上的人，就沒有足夠的經費，來開拓你們的新生活，當然，我要先對付了曾保。」

都曼突然道：「如果你去，我和你一起去。」

木蘭花道：「那慢慢商量不遲，你帶著所有的人疏散了之後，到那屋子來和我會合，曾保一定比軍警先到，我們要抵抗他，可能要抵抗相當久。」

都曼扶著他父親走了開去，木蘭花又來到了那洋房中，她一進屋子，便大聲問道：「安妮聯絡的結果怎樣了？」

「他們警方極感興趣，」穆秀珍自二樓現身，「已通知軍隊協助，盡快趕到，蘭花姐，我倒希望他們別來得那麼快！」

木蘭花道：「秀珍，這不是我們個人的冒險，還關係幾百個村民的安全，我們自然是希望軍警越快到達越好！」

安妮從房間中走了出來，木蘭花將所有槍械捧著上了樓，道：「我們佔據了這房子的二樓，這是一個軍事行動上的良好制高點，可以控制一切。」

她們又交談了片刻，都曼帶著十幾個年輕人，也來到了屋子中，木蘭花將槍械分配給他們，叫他們守在窗口，聽從命令。

一切全部佈置好了之後，島上登時靜了下來。

除了海濤拍岸的聲音之外，幾乎靜得聽不到什麼別的聲響，就在這時，無線電通訊儀上，突然聽到一陣「都都」聲來。

安妮按下了一個掣，曾保大聲叫嚷著，道：「木蘭花，你佔了上風，是不是？可是你佔不了多久的。」

木蘭花冷冷地說道：「這要看你的進攻力量怎樣了！」

「你立即就可知道了！」曾保仍然怒吼著。

木蘭花氣了起來，她道：「曾保，聽說你在高翔和雲四風的手下敗得很慘，正合上了抱頭鼠竄而逃的那句話，是不是？」

曾保又怒叫了一聲，以後他的聲音，再也聽不到了！

木蘭花在這時充分表現了她的才能，她此際所做的，即使是一個最有經驗的優秀軍事指揮員，也不過如此了。她知道曾保定是調動他能夠調動的力量來攻擊她，曾保絕不會想不到她會請求軍警的協助，但是曾保一定希望在軍警未到前消滅木蘭花。

那麼，他可以及時撤退，然後，在適當的時機再擴展勢力，到時，就不會有什麼人敢和他為敵了！

木蘭花拿著望遠鏡四面看著。她又沉著地道：「安妮、秀珍，你們到『兄弟姐妹號』去，當曾保的船隻來到的時候——」

穆秀珍未等木蘭花講完，就跳了起來，道：「就擊沉他們！」

「不，」木蘭花搖頭，「等他們的人也上岸之後，才擊沉他們的船隻，令得他們沒有退路，他們心中發慌，自然沒有鬥志了！」

穆秀珍拉了安妮就走，安妮急道：「蘭花姐，可是這裡只有你一個人！」

木蘭花微笑著道：「我們的地形很有利，有都曼他們幫著我，曾保無法攻克我們的，我們可以支持很久的！」

安妮仍然有點不放心，但是穆秀珍已拉著她奔離屋子，直奔到了碼頭中，登上了「兄弟姐妹號」，駛到了一處隱蔽的地方。

整個島上是一片死寂，彷彿是一個人也沒有了。

然後，在半小時之後，自天際響起了一陣「軋軋軋」的聲響，那種聲響迅速在移近，在島上的木蘭花和船上的穆秀珍和安妮都可以看到，有六架直升機，整齊地排列著，以極高的速度在飛過來。

木蘭花的心中凜然一驚，是曾保和他們的部下來了，因為那六架直升機上，並沒有任何標誌，當然不會是軍警專用的。

木蘭花也未料到曾保的來勢如此之快，她注視著那六架直升機，其中五架直升機，已經在島上的空地上降落，每一架機中，至少奔出二十個人來。

那些人立時佔據了有利的地形，伏了下來。

只有一架直升機，仍在屋頂盤旋著。

而無線電通訊儀中，這時又傳來曾保的聲音，曾保厲聲道：「木蘭花，我給你一分鐘時間，讓你走出屋子來投降！」

木蘭花笑道：「曾保，你是在做夢吧？」

曾保桀桀地怪笑著，道：「木蘭花，你不是以為我會顧惜你的性命，你到這個小島來做什麼？你以為我還不知道麼？那批財寶，就藏在這個小島上！你死了我也不怕，我將整個島上翻轉來，也可以找到這批寶藏的，而且我可以慢慢地找！」

木蘭花仍然冷笑著，她道：「你浪費了半分鐘了！」

木蘭花一說完，就提著一柄手提機槍，向六樓衝了上去。

她撞開了通向天臺的門，立時伏了下來，她看到直升機在漸漸降低，突然，從直升機中，拋下了兩個黑色的罐狀物來，那兩個黑色的罐狀物迅速地跌了下來，落在這幢屋子前面的空地上。

只聽到「轟轟」兩聲巨響，而兩罐炸藥炸了開來，木蘭花伏在天臺上，也感到一陣劇烈的震動，她連忙翻轉身，向上掃出了一排子彈。

木蘭花雖然在匆忙之中掃出一排子彈，雖然直升機的目標相當大，她也是對準目標來掃射的，只可惜直升機飛得相當高，不在子彈射程之內！

這時候，木蘭花實在十分後悔，不該叫穆秀珍和安妮回到「兄弟姐妹號」去，因為屋中的都曼和村民，都不是十分有戰鬥經驗的人，在那兩下炸彈爆炸之後，他們一定已亂成了一團。

木蘭花最怕他們之中，會有人忍不住驚慌，而向外衝了出去，因為在屋子外面，足足埋伏了一百多個曾保的手下，任何人衝出去都是自尋死路，而且，在船上的安妮和穆秀珍一定也在著急了。

要是她們兩人竟沉不住氣而衝上岸來的話，那麼情形就更加危險了！

木蘭花緊張得手心直冒汗，但是她還是留在天臺上，不能下去。她只有留在天臺上，才有機會擊落曾保的那架直升機，在她那排子彈掃完之後，她又在天臺上滾動著，而這時候，她又看到了兩隻鐵罐，自那架直升機上拋了下來。

這一次兩隻鐵罐，卻落在屋子極近的地方！

爆炸造成的震盪更是劇烈，木蘭花聽到了猛烈的玻璃破裂聲，她也被震得在天臺上滾來滾去。

爆炸還未停止，都曼就連滾帶跌，衝了上來。

都曼撲到了木蘭花的身邊，道：「蘭花小姐，我們怎麼辦？」

「盡量躲在安全的地方，千萬不可離開屋子，」木蘭花急急吩咐著，又掃出了一排子彈，可是仍然掃不中那架直升機。

木蘭花又道：「你會使用無線電通訊儀麼？」

都曼點了點頭，「我可以試。」

木蘭花立時將「兄弟姐妹號」的呼叫方式告訴了他，道：「你和穆秀珍取得聯絡之後，吩咐她們留在船上，千萬不能上岸來。」

都曼打著滾，又奔下了樓去。

只見直升機在半空中盤旋著，發出震耳欲聾的「軋軋」聲來，屋子似乎已起火了，有兩股濃煙，向上升了起來。

而就在這時，直升機又飛到了屋子的上空！

直升機一到屋子的上空，又有兩隻鐵罐，從直升機中拋了出來，那兩隻鐵罐，看來比上兩次的大了一倍還多！

而且，那兩隻鐵罐是向著屋子直線跌下來的。

木蘭花知道，當那兩隻鐵罐跌到天臺上，發生爆炸之際，整幢屋子就全毀了，在那一剎間，她幾乎連血液都凝結了。

但是，那卻只有極短的時間，還不到百分之一秒，緊接著，她便跳了起來，奔到了樓梯口，舉起手提機槍來，向空中掃去。

這一次，她並不是掃向直升機，而是掃向那兩隻跌下來的大鐵罐，直升機不在射程之內，但是大鐵罐已跌下了二十來碼，卻在射程之中。

幾乎是在木蘭花掃出子彈的同時，她看見半空之中，起了兩大團火光，而兩罐烈性炸藥，因為子彈的掃射，已在半空中爆炸了！

奇怪的是，木蘭花竟聽不到爆炸的聲響！

烈性爆炸自然不會在爆炸時不發出聲響來的，而木蘭花之所以聽不到聲響，是在那一剎間，氣流的鼓動實在太厲害了，令得她的耳膜暫時失去了作用，是以反而變得什麼也聽不到！

而那股強烈的氣浪，也令得木蘭花的身子陡地向後彈了下去，她早已有了準備，雙手一起用力，拉住了樓梯的扶手。

她的身子劇烈地搖晃著，連扶手也拉斷了！

但是，她沒有滾下樓梯去，而且，她仰頭向上看著，仍然可以看到半空中的情形。

爆炸並沒有直接擊壞直升機，但是，性能再優越的直升機，也抵受不住爆炸所產生的那股氣浪的震盪。

木蘭花向那兩大罐炸藥掃出了一排子彈，使得炸藥在半空之中爆炸，那不但救了她自己，而且也令得敵人遭了殃！

當火光和濃煙還在半空之中四下迸射之際，只見那架直升機像紙鳶一樣，突然間上升了上去，足足升了三五十碼之多！而且，直升機的機翼也登時停了下來。

寬大的機槳，是由於氣浪的阻滯而突然停止的，而直升機的機器並沒有損壞，那種情形，實際上比機器損壞更糟糕。在氣浪和機器力量的衝擊下，三股機槳完全像是紙糊一樣斷折下來，它們雖然離開了機身，但還不落下，而是被氣浪彈了上去。

直升機頂部的機槳軸，還在「軋軋軋」地轉動著，但是沒有了機槳，直升機是決不能停留在空中的！

木蘭花聽到伏在島上的那百餘人一起怪叫起來，而在怪叫聲中，曾保的直升機直跌了下來，木蘭花立時又奔上了天臺。

她看到了那直升機，跌在屋後一百多碼的岩石上。

直升機中可能還有很多炸藥，因為直升機跌落地之後，所發生的爆炸，是出乎意料之外的，岩石被炸得四處飛了開來，墜機的地方，立時變成了一片火海！

不論機上有多少人，在那樣的情形下，是絕不會有任何一個人有生還機會的了，木蘭花又看到很多曾保的部下，向墜機處奔去。

但他們大多數還未奔到墜機的地點，便已經發現他們的首領是絕無希望的了，是時他們又呼叫著，向停在空地上的直升機奔去。

他們這時的那種混亂情形，和他們才一到島上時秩序井然，動作迅速的情形相比，簡直不可同日而語！

木蘭花眼看他們向直升機奔去，卻也無法阻止他們，而軍警卻未曾達到，眼看這百餘名為非作歹之徒就要逃走了。

雖然無頭不行，曾保已經死去，他們也絕不可能再像過去那樣為非作歹了，但是他們必然分成許多小勢力，流竄各地，仍然後患無窮！

木蘭花正在頓足間，突然聽得「轟」地一聲響，停在空地正中的一架直升機，首先爆炸了起來，緊接著，又是「轟轟轟轟」四下響，其他四架直升機也一起冒起了火光，炸得四分五裂。

奔得快的歹徒，以為可以搶先逃命，卻不料直升機在突然之際爆炸，他們被轟得在地上打滾，足有二三十人立時受傷！

而在一塊巨大的岩石之後，又傳來一陣密集的槍聲來，接著，便是穆秀珍和安妮兩人的叫聲，道：「快放下槍投降！」

木蘭花呆了一呆，她聽到身後有腳步聲，立時轉過頭去，只見都曼站在身後，木蘭花忙道：「你未曾和她們取得聯絡？」

都曼搖頭道：「不，我和她們取得了聯絡，但是穆小姐卻一定要衝上岸來。」

木蘭花也沒有說什麼，只是道：「吩咐所有的人，拿起武器，在窗口出現！」

木蘭花提著手提機關槍，奔下樓去，到了大門口。

在穆秀珍和安妮兩人一叫之後，已有一大半人拋掉手中的槍枝，根本自曾保的直升機一墜地，他們便已經沒有鬥志了！

而且，他們逃生的工具，也被穆秀珍和安妮兩人拋擲小型炸彈炸毀，他們更是亂成了一片，木蘭花一出現，又叫道：「每一個都伏在地上，將手放在頭頂。」

她一面說，一面掃射著子彈，同時，向窗口揮著手。

都曼一聲大叫，窗口數十柄槍一起向空中掃射，聲勢更是壯大了，還未曾拋掉武器的那些人，也立時拋掉了武器，手抱著頭，伏了下來。

一時之間，地上不是受了傷的人在輾轉呻吟，便是雙手抱著頭，伏在地上的人，竟再也沒有一個人能站直身子了。

木蘭花揚聲道：「秀珍，安妮，你們別出來。」

穆秀珍「嘻嘻」笑著。

就在她笑聲中，直升機聲又傳了過來，木蘭花抬頭看去，只見十二架大型直升機，正迅速向島上飛了過來，那是軍警人員趕到了。

到那十二架直升機相繼降落之後，大勢完全已定了，木蘭花向前走去，看見從直升機中跳出來的，是一個穿著將軍制服的將官。

接著，便是一個頭髮已花白了的高級警官，和兩隊軍士，以及五六十名警員，木蘭花向那位將軍和警官走去，穆秀珍和安妮也從那面大石後轉了出來。

那警官和木蘭花握著手，道：「木蘭花小姐，你真是名不虛傳，看來我們趕來是多餘的了。」

木蘭花謙虛地笑著道：「不算什麼，只不過由於當時的形勢險惡，沒有選擇的餘地，曾保已因為直升機墜毀而死了！」

那警官道：「這傢伙作惡多端，也可以說是罪有應得了，我看，我們總算已將他的得力部下一網打盡了。」

木蘭花望著那些被警員加上手銬，一個一個從地上提起來的不法分子，她點著頭，道：「可以那麼說，曾保的整個組織都崩潰了！」

那將軍的臉上，始終現著詫異莫名的神色，他道：「你們只是三個人，對抗了那麼多人？那是不可能的，在軍事學而言，那是不可能的！」

那高級警官看來是將軍的老朋友，他拍著將軍的肩頭，道：「將軍，在別人來說不可能，但在木蘭花小姐來說，就沒有什麼不可能的事。」

將軍點著頭，道：「現在我也相信了。」

當警員將歹徒一個個押上直升機之際，都曼也領著全村老幼，從島後轉了過來，剎時之間，歡聲雷動，人人都圍住了木蘭花，叫著，跳著。

軍警帶著就擒的歹徒飛走了，但是整個島上的狂歡氣氛仍然持續著，附近的幾個島聽得已消滅了曾保的傳說，都划著筏子，一起集中到南鯊島來。

這個小島上，竟聚集了兩三千人，到處全是篝火，全是歌和舞，儲存了多少年，捨不得拿出來飲的酒，都仰著脖子倒進了肚子中。

木蘭花、安妮和穆秀珍三人，不論走到那裡，都被重重人群包圍著，木蘭花也趁機問老年人，詢問有關二三七島的情形。但是所有的人都說，那是死亡之島，沒有什麼人能夠到了島上，再活著回來的，但是木蘭花並不十分相信他們的話。

木蘭花知道，二三七島上，一定有著極大的危險，但是這種危險，一定是可以預防的，而不是到島上的人就不能生還，因為她至少知道，她的二叔和當年放置那批財富的那些人，就是到了二三七島之後又回來的，由此可知，危險是可以避免的。

而且，木蘭花也料定，那一定是一種毒氣，那麼，她們既然帶著完善的防毒面具，自然也可以安然無恙的。

狂歡幾乎一直進行到了天亮，但是一過了午夜，已沒有多少人是清醒的了，幾乎不論男女、老幼，人人都喝得酩酊大醉。

木蘭花一早就吩咐了都曼，叫他不要喝酒，是以都曼是保持清醒的，木蘭花吩咐他天一亮，就到「兄弟姐妹號」上來找她們。

而木蘭花、穆秀珍和安妮三人，則在午夜過後，便已回到船上去休息了。

她們睡了五小時左右，天就亮了，木蘭花最早醒來，當她來到甲板上的時候，太陽恰好從海面上升起，映得海面上升起了萬道金光，景色壯麗無儔，宏偉絕倫。

木蘭花一到了甲板上，就看到都曼已經站在海灘上，木蘭花向他招手，道：「你去準備一隻筏子，繫在我們的船邊。」

都曼答應著，從海邊拖了一隻筏子過來，涉著水，將筏子繫在「兄弟姐妹號」的船舷上，然後上了船，木蘭花和他一起走進駕駛艙。

「兄弟姐妹號」向著神秘的二三七島駛去，那是一段極短的航程，當船駛向那通向島內部的峽谷口，停下來時，穆秀珍和安妮也醒了。

木蘭花吩咐穆秀珍將防毒面具和壓縮氧氣筒全部取出來，為了小心起見，在未上岸之前，他們四個人便配戴了防毒設備。

然後，穆秀珍帶著那幅畫，而安妮提著一具光譜分析儀，因為他們需要測定，在這二三七島上導致死亡的，究竟是什麼毒氣！

她們登上了岸，走在沙灘上。

看來這個島實在和別的島沒有什麼不同，峭壁高聳，在峭壁上，長滿了各種各樣的植物，也有許多海燕在峭壁上築巢。

島上幾乎完全沒有路，他們爬過了許多嵯峨的岩石，才到了那峽谷口子上，那峽谷只不過十多呎寬，兩邊全是尖聳的峭壁。

峽谷中也全是高低不平的石塊，他們步履艱難地向前走著，走出了一兩哩，安妮在一塊大石上坐了下來，她想掀起防毒面具來，可是木蘭花立時伸手按住了她的手。

他們的防毒面具之中，有著小型的無線電對講儀，是以她們雖然配戴著防毒面具，仍然可以像平常一樣地講話。

木蘭花一面伸手拽住安妮，一面說道：「你們看！」

穆秀珍等人全都循著木蘭花所指看去。

而當他們一起向前看去之際，他們都不禁呆住了！

眼前的景色，是他們從來也沒有見過的，他們看到了整片反射著一種絢麗無比的，鮮艷的玫瑰紅色彩！那種色彩，和那幅畫中的著色是相同的。

穆秀珍連忙展開了那幅畫來，對照著。

大自然之中，真有那樣絢麗的色彩，那真是奇蹟。

穆秀珍興奮地叫了起來，道：「我們找到了，我們真的找到了！」

木蘭花道：「是的，我們找到了！」

這時，她凝視著那一片鮮艷的玫瑰紅，那種色彩，看來好像是附在峭壁上，但是卻又像是在流動的，像是山谷中的空氣，就是那種顏色。

他們繼續向前走著，由於看到了那種絢麗的色彩，安妮的精神大振，她也不再感到疲倦了，他們一起加快腳步，向前走去。

又走了半小時，她們攀上了一道十多丈高的斷崖，整個山谷便出現在他們的眼前，在山谷近東面峭壁處，是一個很大的湖。

那湖的湖水，呈現一種異樣的灰銀色，閃耀著藍光，幾乎是靜止不動的，而在山谷附近，別說見不到飛鳥野獸，石上也是寸草不生！

穆秀珍叫了起來，道：「天，這裡究竟是天堂，還是地獄？」

也難怪穆秀珍發出這樣的問題。因為，眼前的色彩，是如此之絢麗，那簡直不是人間應有的色彩，簡直華麗得要令人屏住了氣息，才能好好地去欣賞它。

但是，在那種美麗的色彩之中，卻又籠罩著一重死氣，湖水是靜止的，沒有野獸，什麼生物都沒有！

木蘭花忽然道：「安妮，看著你的光譜反射儀，我相信，那光譜是水銀的反射，是不是？」

安妮檢查著儀器，道：「蘭花姐，正是！」

木蘭花伸手指向前，道：「死亡之島的謎揭開了，你們看，這個湖，它是蘊藏著極其豐富的一個天然的水銀湖！」

都曼叫了起來：「天然的水銀湖？」

木蘭花道：「是的，汞以液態存在，但在常溫下，它會蒸發，水銀蒸氣大量積聚，會迎合光線，反射出絢麗的色彩來，就是我們現在看到的壯麗景色！」

安妮道：「水銀的蒸氣有毒嗎？」

「自然有毒！」木蘭花說：「不但有毒，而且還是劇毒！吸進水銀的蒸氣之後，血壓會變低，呼吸加速而不均勻，在極短的時間內，就引致心臟痲痺窒息，這真是一個死亡之島，但是這巨大的水銀湖床如果開採起來，卻也是驚人的財富！水銀在工業上，有著廣泛的用途！」

穆秀珍道：「那麼，如果我們不是呼吸著壓縮氧氣的話，早已中毒了？」

「自然是，」木蘭花轉向都曼望去，「這就是為什麼那唯一的死裡逃生的人，以為紅色的妖魔在勒他的頸了，那是吸進了少量水銀蒸氣的現象！」

都曼由衷佩服地道：「蘭花小姐，你的常識真豐富。」

木蘭花等四人又向前走近去，木蘭花自穆秀珍的手中接過那幅圖來，攤在地上。

圖是完全寫實的，任何人在看到了圖上那種奇異的色彩之際，都不會想到這一點，而當那一幅畫是一幅神秘的魔畫！

在畫中，清楚地畫著那水銀湖的位置，而那兩百三十七個人，每一堆人站立的地方，也都可以發現一塊相當大的石頭。

穆秀珍和安妮已走過去，推開了其中的幾塊大石，大石下的洞穴中埋著木箱，他們四個人花了將近兩小時，一共起出了四十隻木箱來。

可是，當他們打開那些木箱之後，他們都失望了，在木箱中的全是一箱一箱的紙幣，有的紙幣還是全新的。在多年以前，這些紙幣，自然是一筆驚人之極的財富，但是經過了那麼多年之後，時易世遷，這些紙幣，早已變成廢紙了！

穆秀珍笑了起來，道：「蘭花姐，我爹實在太老實了，他竟將所有的財富都換成了鈔票！」

木蘭花也笑著，道：「這真是想不到的事，真是任何人都想不到的！」

安妮苦笑著，道：「我們找到了這些廢紙，還不要緊，可是島上那麼多人，都要失望了！」

都曼雖然難以在聲音中掩飾他的失望，但是他還是道：「不要緊，沒有了獨眼曾保的控制，我們的日子已經好得多了！」

木蘭花微笑著，道：「村民不會失望的，都曼，你沒有看到，在你面前的，是那麼大的一個水銀湖床，你可以用發現人的資格，向政府申請開採權，然後，召集資本，我想，你在短時期內，就可以收集大量的資本，每一個島上的人，也可以靠他們的努力，賺取合理的工資！」

都曼呆呆地聽著，木蘭花話還沒講完，他已激動地握住了木蘭花的手，用力地搖著，他甚至因為激動，而一句話也講不出來！

木蘭花她們實在有點捨不得離去，但是他們的壓縮氧氣已耗去了一大半，他們不得不離開了景色美麗得如同神話境地般的山谷。

他們來到了岸邊，才除下了防毒面具，水銀蒸氣相當重，那地方又恰好是一個山谷，是以並不會隨風飄散，只是聚集在山谷中。

都曼和她們依依不捨地揮著手。

當「兄弟姐妹號」漸漸駛遠時，都曼也划著筏子回去了。

木蘭花、穆秀珍和安妮進了駕駛艙中。木蘭花笑道：「好，誰最愛講話的，就將經過情形向高翔報告一遍！」

安妮望著穆秀珍，但是，出乎意料之外地，穆秀珍竟搖了搖頭，道：「安妮，你怎麼啦，自然該讓蘭花姐和高翔多說點話！」

安妮笑了起來，道：「是啦，我竟想不到這一點！」

木蘭花也被她們兩人逗得笑了起來，她在無線電通訊儀前坐了下來。

「兄弟姐妹號」在向前駛著，二三七島也漸漸看不見了，海面一片碧藍，平靜無比。

穆秀珍和安妮的心情也極其輕鬆，她們一起到了甲板上，不由自主放聲唱起歌來！

死神殿

1 榮譽市民

秋高氣爽，秋日的陽光分外明媚，艷黃色的菊花，在秋風中輕輕搖擺著，迎著陽光，發出奪目的光彩來。

安妮不在家中，她到一間大學旁聽中古歷史的課程去了，只有木蘭花一人在家。

木蘭花望著花園中盛放的花朵，再抬起頭來，看看遠處的海面，正閃著一絲絲銀光，有一股說不出的恬靜之意。

木蘭花坐了一會，走到了唱片櫃前，她是難得有這樣清靜的日子的，既然有了，她就要好好地享受一下，她準備放輕鬆的音樂，獨自欣賞。

可是，她才從櫃中挑出了一張「月光河」來，電話就響了。

木蘭花轉過身去，望著電話，皺了皺眉。儘管她不願在這時候被電話打擾了她的平靜，她還是走了過去，拿起了電話來。

她立時聽到雲四風的聲音。

雲四風的聲音聽來很急促，又像是很氣憤，他道：「是蘭花？唉，你快來，你來看看，秀珍瞞著我，做了一些什麼事！」

木蘭花怔了一怔，從雲四風這句話聽來，像是事情十分嚴重！但是木蘭花也深知穆秀珍雖然任性，也決不至於做出什麼對不起雲四風的事來的。

是以，她只是平靜地道：「她做了些什麼？」

雲四風嘆了一聲，道：「蘭花，請你立即來一下，好不好？我在廠裡，我會派人在大門口接你的，我勸不動她，只有靠你了！」

木蘭花又怔了一怔，她並沒有在電話中追問雲四風究竟發生了什麼事。她並不是那種按捺不住好奇心，急於想知道事情的人。

她只是從雲四風的聲音中，聽出自己是非去不可了，因為雲四風的聲音，是如此焦切。

既然她非去不可，那麼她到了之後，就可以知道發生了什麼事，何必急於一時？是以，她只是道：「好的，我就來，但是你們先別吵架。」

雲四風長嘆了一聲，放下了電話。

木蘭花也放下了電話，她在電話答錄機上，留下了一句話，就向外走去，鎖上了門，駕了一輛小型的跑車，幾分鐘之後，車子已經進了市區，在雲四風工業系統的廠房前停了下來。

那一長列圍牆之中，包括了十個以上的工廠，木蘭花的車子才一停下，一個中年人便迎了上來，道：「蘭花小姐，我可以上車麼？」

木蘭花點一點頭，那人打開車門，坐在木蘭花的旁邊，指點著路程，木蘭花繼續駕著車，向前駛去。

車子經過了許多廠房，穿過了很多建築物，那中年人道：「董事長就在這裡。」

這時，車子正停在一座廠房的門前。

而且，不必那中年人出聲，木蘭花也可以知道雲四風是在這裡的了，因為木蘭花已經聽到了穆秀珍大聲叫嚷的聲音。

穆秀珍在嚷道：「我要去，我一定要去！」

木蘭花皺了皺眉，穆秀珍還是那樣，真是江山易改，本性難移。

接著像是雲四風低沉的聲音，道：「等蘭花姐來了再說。」

穆秀珍嚷得更大聲，道：「蘭花姐來又怎麼樣？天皇老子來了，也是一樣，我已經決定了！我一定要那樣，五風，別理你四哥！」

木蘭花的雙眉蹙得更緊，因為事情好像還牽涉到雲五風在內！

木蘭花下了車，那中年人道：「蘭花小姐，請你自己進去。」

木蘭花知道雲四風在下屬前的職位很高，這時他在發脾氣，他的下屬不敢進去，是以她點了點頭，道：「好的，沒有你的事了！」

木蘭花一面說，一面已向前走去，她推開了那廠房的門，廠房中的光線很強烈，木蘭花呆了一呆，她才一進門，雲四風已說道：「好了，蘭花姐來了。」

而木蘭花這時，也看清了廠房中的情形。

廠房中的燈光，是集中在一輛汽車上。

那輛汽車，只從它的外形來看，就可以看出那是一輛高速的賽車，它的形狀，像是一支雪茄煙一樣，汽車停在一個可以升高的平台上。

在汽車旁邊有三個技工，都是全身油污。他們只是站在汽車旁邊，並沒有工作。

雲五風也在，他穿著工作服，雙手滿是油污。

雲五風的神情顯得很尷尬，他看到了木蘭花，只是點了點頭，勉強笑了一下，然後，木蘭花才看到了穆秀珍！

如果當時的氣氛不是那樣僵硬的話，那麼木蘭花看到了穆秀珍這時的情形，一定會笑出來的。

穆秀珍也穿著工作服，她不但身上、手上全是油污，而且她的臉上也全是機油，黑一搭，白一搭，再加上她正在生氣，看來更是有趣。

而雲四風，卻是一臉無可奈何的神色。

木蘭花一看到那樣的情形，已經知道是怎麼一回事了！

那倒並不是由於木蘭花的推理能力特別強，只要是住在本市的人，一看到那輛賽車，十之八九，都可以知道是怎麼一回事。

因為近日來，本市市民最感興趣的，便是即將在本市南部快速公路上舉行的大賽車！

這條快速公路是新建成的，現在還沒有通車，而第一次有車輛在路上行駛，就是那次大賽車，是道路啟用儀式之一。

那是一條圓弧形，全程長達七十哩的快速公路，建了足足兩年，的確是一項十分偉大的工程，是以這次大賽車，可以說是轟動全世界，各國的賽車好手紛紛報名參加，估計世界上第一流的賽車手，到時都會在這條路上大顯身手！

明白了這一點，再結合看到的情形，自然可以知道究竟是怎麼一回事了，那一定是穆秀珍瞞著雲四風，和雲五風設計製造了一輛性能極佳的快車，準備去參加那次大賽車，而雲四風卻反對她那樣做，所以，他們夫婦兩人才起了衝突！

木蘭花笑了起來。

穆秀珍頓著足，道：「蘭花姐，你還笑得出來？哼，早知道他那麼野蠻，我才不嫁給他！」

雲四風攤開了手道：「我怎麼能算是野蠻？」

穆秀珍大叫了起來道：「你干涉我的自由！」

雲四風也大叫道：「我曾經宣過誓，我要愛你，保護你，我是你的丈夫！」

穆秀珍漲紅了臉，但是木蘭花不讓她再講什麼，便道：「好了，別再說了，秀珍，據我所知，這次大賽車，並不接受女性報名參加！」

穆秀珍「咭咭」一笑，道：「蘭花姐，你錯了！我去報名的時候，他們也那麼說，但經過我力爭，他們已改了章程。」

木蘭花呆了一呆，她也感到事情十分棘手。因為看來，穆秀珍已經下定了決心，非要參加這次大賽車不可的了。木蘭花自然也知道，當穆秀珍決定了要去做一件事的時候，勸她不要做，那幾乎是不可能的一件事情。

穆秀珍揮著手，道：「而且，到現在為止，也不止我一個女人報名參加，法國的貝波夫人，以色列的莎娃中尉，也都報名參加了！」

木蘭花聽過法國的貝波夫人，和以色列的莎娃中尉的名字，這兩個人，全是第一流的快車手，足以在任何國際大賽中令男人為之失色的。

木蘭花向那輛車子走去，委婉地道：「秀珍，你為什麼忽然有了這種念頭的？你不見得是為了那筆巨額的獎金吧。你對賽車的興趣，並不是太濃厚啊！」

「我當然不在乎那筆獎金，但是你想想，大賽車在本市舉行，而且是為了慶祝本市的市政建設而舉行的，如果冠軍竟為外地人拿了去，那多丟臉！」

木蘭花不禁又笑了起來，穆秀珍的話聽來好像很幼稚，很意氣用事，但卻是典型的穆秀珍性格的一種表現。

木蘭花道：「冠軍不一定讓外地人拿去，本地的賽車好手報名參加的，至少也有七八人之多，他們也很有希望的！」

穆秀珍不屑地撇了撇嘴，道：「他們，哼，他們有什麼希望，你什麼時候見過他們在國際性的大賽車中奪過冠軍？」

木蘭花正色道：「秀珍，如果他們拿不到冠軍，那你就更拿不到，賽車並不是一件鬧著玩的事，要經過長時間的訓練，還要有豐富的經驗！」

穆秀珍瞪大了眼睛，道：「你說，我不會開快車？」

木蘭花笑著道：「如果你以為參加賽車，就只是開快車那麼簡單，那就大錯特錯了，秀珍，那是速度和死亡的搏鬥！」

穆秀珍也來到車前，她的神情很激動，她用力捶著那車子的車身，大聲道：「蘭花姐，我已經報了名，我絕不退出。」

雲四風叫道：「你一定要退出，我不能讓你去參加這種危險的遊戲。」

穆秀珍氣呼呼地道：「我的車子是第一流的，我想，沒有一個賽車手的車子，有我的車子那麼好，五風，你說是不是？」

雲五風開口要說話，但雲四風已大喝道：「五風，你講話可得小心些！」

雲五風給他四哥一喝，立時住了口。

穆秀珍大聲道：「五風，別怕他，該怎麼說，就怎麼說，哼，聲音大就可以嚇倒人了麼？」

雲五風的神情十分尷尬，他這時的處境，正合上了「順得哥情失得嫂意」那句俗話，木蘭花不禁笑了起來，道：「這倒不必爭論了，如果這輛車子是五風設計的，那毫無疑問，它是世界上最好的賽車了！」

穆秀珍高興地拍起手來，揚著頭道：「聽到沒有？」

她那句話分明是說給雲四風聽的，但是她卻不望向雲四風，就像是小孩子和人吵了一架一樣。

木蘭花道：「秀珍，在高手雲集的大賽車中，如果有了一輛好車，就可以奪得冠軍的話，那種想法也未免太天真了，你說是不是？」

穆秀珍道：「我的駕駛術也不錯。」

木蘭花微笑著，道：「比起我來怎樣？」

穆秀珍再也未曾想到木蘭花會突然之間，問自己這樣一個問題，她雖然好勝，但卻也絕不是不肯承認事實的那種人。

她道：「那自然是你好！」

木蘭花不說什麼，她只是向在一旁的三個技工，做了一下手勢，令那三個技工將升起的平台放下來。

當平台放下來之後，木蘭花俯身下去，察看車子的機件，她看得十分用心，雲四風和穆秀珍都不知道她想做什麼。

他們兩人的心中都十分疑惑，不自禁地互望了一眼，等到他們兩人的目光接觸之後，穆秀珍才「哼」地一聲，立時又轉過了頭去。

木蘭花足足察看了好幾分鐘，才挺直了身子，拍著車子，道：「好車，我已約略看出它的幾項新設計了，五風，你真了不起！」

穆秀珍忙道：「我也有參與設計的。」

木蘭花轉過身走：「總之，這是一輛好車，從現在起，這輛車子是我的了。」

木蘭花這句話一出口，所有的人都是一呆。

穆秀珍首先嚷叫了起來，道：「蘭花姐，什麼意思？」

「車子是我的了，我今天就去報名，代替你出賽，秀珍，你對我奪冠軍的信心，應該比你自己的更強！」木蘭花平靜地說著。

「VIVA！」穆秀珍高興得大叫了起來。

可是，她只叫了一聲，便突然停了下來。

她和雲四風兩人又互望了一眼，雲四風立時道：「好了，全是你鬧出來的事！」

穆秀珍瞪了他一眼，道：「蘭花姐，可是……可是這次大賽車，參加的全是第一流的高手，那是一個很危險的競爭……」

木蘭花微笑著，道：「秀珍，這是怎麼一回事？難道你認為，我在勇氣方面比不上你麼？否則何以我一參加，你就勸我了？」

穆秀珍搖著頭，她的確感到為難了！她剛才和雲四風吵成那樣，執意要參加這次大賽車，若說她不知道參加這次賽車，是一種極凶險的搏鬥，那是不可能的。

但是事情在她自己的身上，她卻根本不及去考慮這一點，現在，忽然間事情有了變化，木蘭花竟然要替她出賽，她才有足夠的冷靜來考慮一切！

但是，木蘭花的話，卻是無可反駁的！

穆秀珍尷尬地搔著頭，一句話也說不出來。

雲四風苦笑了起來，道：「好啊，現在，我只有打電話叫高翔來了！」

木蘭花微笑著道：「可是要高翔來勸我不要參加？」

雲四風道：「自然是，這是一件沒有意義的事，我們有許多意義重大的事要去做，何苦為了去爭一點那樣的虛名，冒生命的危險？」

木蘭花點著頭，道：「你說得很有理！」

雲四風高興了起來，道：「我們誰也不要參加，我們可以將這輛車子送給別的賽車手，等著這位賽車手得了冠軍，就可表示本市的產品是最優良的，這不但能替本市爭來榮譽，而且，還表示了我們的氣度！」

穆秀珍「呸」地一聲，道：「我才不要這種氣度，只有傻瓜才會做那樣的事。不是我參加，就是蘭花姐，我們一定要取個冠軍回來！」

突然，在門口傳來了高翔的聲音，道：「我也可以參加一份麼？」

雲四風、穆秀珍和木蘭花三人一起轉過頭去，雲四風和穆秀珍大是驚訝，齊聲道：「咦，你怎麼也來了？」

木蘭花自然不奇怪，因為她知道高翔為何會來，她在離開的時候，曾在電話的答錄機上，講下了她到什麼地方。那麼，自然是高翔打電話去，聽到了那句留言，所以才找到這裡來的。

高翔說著，走了進來，道：「我看，還是讓我去出賽的好。」

木蘭花道：「你有什麼特別的理由？」

高翔道：「這是方局長和警務總監，在半小時以前，交給我的一項任務，他們都再三說，這是非完成不可的一項重要任務。我要奪取冠軍！」

這時，連木蘭花也奇怪起來了，警方為什麼一定要奪取這次大賽車的冠軍？在木蘭花的心中，雖然覺得奇怪，但並沒有發問，穆秀珍則已道：「為什麼？為什麼警方一定要得到這次賽車的冠軍？」

高翔道：「說來話長，為了這件事，方局長和市長已爭了好幾次，但是市議會卻已決定了，這次大賽的冠軍，不但可以得到巨額的獎金，而且，還可得到議會正式頒發『榮譽市民』的頭銜，成為本市第一個正式的榮譽市民！」

木蘭花一聽，便立時蹙起了雙眉，雖然，她已想到事情的嚴重性了，但是穆秀珍卻還不明白，她道：「那又怎樣？」

高翔道：「這問題就相當麻煩了，本市是一等一的大都市，而榮譽市民又會有許多的便利，如果這樣的身分落在一個犯罪分子的身上——」

穆秀珍立即叫了起來，道：「是啊，那可糟透了！」

高翔道：「這並不是杞人憂天，事實上，警方在審查了參加者的名單之後，發現其中至少有兩個人，是歐洲大犯罪組織中的人！」

穆秀珍揮著手，道：「不讓他們參加好了！」

「我們沒有理由拒絕人參加，而且，犯罪組織也可以在賽車好手中收買，我們防不勝防，是以最徹底的辦法，是我們將冠軍奪過來。」

木蘭花道：「高翔，這的確是最徹底的辦法，但是，你去對方局長說，由我來參加，我雖然也沒有把握一定可以奪標，但總比較好些。」

高翔有點不服氣，道：「那也不見得。」

雲四風本來是堅持不讓穆秀珍參加賽車的，但這時，他卻也興致勃勃地道：「不要那樣說，我的駕駛術何嘗差了？」

穆秀珍扁了扁嘴，道：「吹大氣！」

他們兩人相互一笑，顯然，他們的心中也不再會有什麼芥蒂了。

木蘭花道：「本來嘛，我們四個人一起參加，機會更大些。」

雲五風一向是十分害羞，不會和人家來爭著說話的，但這時，他居然更正木蘭花的話，道：「應該說，我們五個！」

木蘭花等人卻叫了起來，道：「但是，離大賽只有四天了，再要趕裝四輛車，自然是來不及的了，所以，我們來抽籤決定。」

穆秀珍大感興趣，道：「抽籤？」

「是的。」木蘭花說：「抽籤決定誰出賽。」

穆秀珍立刻雙手合著，唸唸有詞道：「過往神明，龍天神佛，滿天星斗，保佑你們顯顯靈，讓我抽到，那就好了！」

穆秀珍在胡言亂語，但是她的神情卻是一本正經，看得各人都忍不住大笑了起來，那幾個技工想笑而又不敢笑，神情更是滑稽。

四風道：「好，那麼到我的辦公室去決定！」

穆秀珍已來不及地催道：「快去！快去！」

他們一起出了廠房，來到雲四風的辦公室中，木蘭花將一張白紙裁開了五份，她自己在角落，拿著一枝筆，寫了一會，又將五張紙摺了起來，摺的紙看起來，是一模一樣的，她便立刻把摺好的紙放在桌上，道：「在這五張紙中，只有一張是有字的。」

穆秀珍道：「誰拿到了這張有字的紙，誰就參加！」

「是的。」木蘭花回答。

穆秀珍立時伸出了手，道：「我先來！」

她拿起了一張，又放下了去拿另一張，猶疑了一會，才算拿起了中間的那張來，可是當她打開紙時，紙上卻是空白的！

剎那之間，穆秀珍臉上神情之失望，真是難以形容，她呆立著，一聲也不出，而這時，雲四風和雲五風也各拿起了一張紙。

他們打開了紙，也是空白的。

高翔笑道：「蘭花，不是我，就是你了！」

木蘭花道：「是，我們每人各有一半機會。」

高翔也拿了一張紙，慢慢打了開來，穆秀珍伸長了頭來看，高翔將紙完全打開，也是空白的。

木蘭花拿起了僅有的那張紙來，道：「好了，你們每人都是空白的，那麼，我這張根本不必打開來看了，一定是由我去參加的了！」

穆秀珍嚷叫了起來，道：「不能，蘭花姐，我知道了，那五張紙根本全是空白的，你自己留在最後，自然是你去參加了！」

木蘭花微笑著，道：「你以為是那樣？」

穆秀珍得意洋洋地道：「自然是！」

木蘭花微笑著，將那張紙遞向穆秀珍，道：「好的，那麼你不妨將它打開來看看。」

穆秀珍立時將那張紙接了過來，迅速地打了開來，等到將那張紙打開之後，她睜大了眼，臉上現出古怪的神情來。

她望著每一個人，然後將那張紙放在桌上。在那張紙上，清清楚楚寫著「參加」兩個字！

木蘭花笑道：「怎麼樣？」

穆秀珍哼了一聲，道：「算我倒楣，辛辛苦苦準備一場，卻給你去參加！」

木蘭花道：「誰參加都是一樣，秀珍，在這幾天內，我要加緊練習了，五風，請你做我的機械師，麻煩你將車子運到試驗場地去。」

雲五風答應著，木蘭花又道：「行了，你們兩夫妻也不必再吵了，到正式出賽日，你們再來參觀不遲。高翔，我應該走了！」

穆秀珍在沙發上坐了下來，一聲不出，神情還是十分頹喪，木蘭花和高翔一起走出了雲四風的辦公室。

高翔回頭看了一眼，看到身後沒有人，他才笑道：「蘭花，你為什麼一定要自己去參加賽車？」

木蘭花笑了起來，道：「高翔，你也看穿了我的把戲？」

「你是怎樣忽然間換了一張紙的，我沒有看清，雖然我早已想到了這一點，但是你的手法，還是太快了！」高翔回答。

木蘭花揚了揚手，道：「在這裡。」

在她的食指和中指之中，夾著一張摺起的紙，她便打了開來，那是一張白紙，木蘭花笑道：「這純粹是魔術的手法，我用五張紙讓你們取，到最後一張，我故意不用看了，秀珍一定不信，我就迅速換上有字的，她就無話可說了！」

高翔笑道：「對秀珍來說，那不是太不公平了麼？」

木蘭花哼了一聲道：「我是故意的，大賽車是何等冒險的，那競賽，每一秒鐘都和死神在握手，秀珍的性格如此衝動，判斷力也差，她為了要爭奪冠軍，更是不顧一切，若是讓她參加的話，我們旁觀者只怕每一分鐘都要心臟病發作了。」

高翔微笑著道：「那麼，我呢？」

木蘭花嫣然笑著，道：「你不見得會和我爭奪吧？」

高翔握住了木蘭花的手，他們並肩向外走著。

過了好久，高翔才咳了一聲，道：「其實，我一樣很不放心，如果外面的大犯罪組織有心要奪冠軍，那麼，事情就加倍凶險了！」

木蘭花靜靜地道：「我會應付的，高翔！」

高翔沒有再說什麼，只是默默低頭向前走著。

2 危險分子

第二天，一樣是陽光明媚的好天氣。

而這一天，市民對於即將舉行的大賽車的談論，簡直已到了沸點，因為這一天，幾乎每一張報紙，都以最大的字，在第一版報導了這個消息：

女黑俠木蘭花報名參加大賽車。

接下來，便是記者訪問木蘭花的記錄。

木蘭花的回答，自然很謙虛，她表示從來也未曾參加過任何賽車，在這次眾多第一流賽車手雲集的場合中，她只不過是湊湊熱鬧而已。

但是，由於木蘭花過去的事蹟太深入人心了，是以大多數的市民，都以為這次的冠軍，非木蘭花莫屬的了！

有一張報紙，甚至發出了一篇文章，說如果木蘭花得了冠軍，那麼，為了紀念木蘭花的功勳，應該將這條高速公路，定名為蘭花路。

這些報紙，木蘭花自己都沒有仔細看。

木蘭花一早就起身了，她和安妮一起來到那條新公路的起端，那裡，有兩哩長的一段，開放給賽車手作試車之用。

在公路上，已停滿各種各樣的賽車，有的正在檢查機件，有的則在跑道飛馳，離開賽日只有三天了，選手的準備工作，自然是緊鑼密鼓。

木蘭花的出現，立時又引起了記者的包圍，木蘭花一面回答記者的問題，一面朝站著向她招手的雲五風走了過去。

在雲五風身邊的那輛車子，木蘭花幾乎認不出了，那已經被噴成了一種極為悅目的淺紫色，「十七」的車號是黑色的，在車號的旁邊是一束蘭花。

雲五風笑道：「還好看麼？」

木蘭花道：「太好了，機件全沒有問題了？」

雲五風的臉上現出有信心而驕傲的神色來，道：「沒有問題了，和我們車子相比較，別的車子只能算是玩具！」

木蘭花笑了笑，這樣的話自雲五風的口中說出來，是不尋常的，因為雲五風一向謹慎，絕不是說話有誇大習慣的人！

木蘭花掀起了車頂，坐在座位上，安妮將安全帽遞給她。這時，跑道全是震耳欲聾的機器聲，他們在講話時，都得放大聲音才行。

木蘭花繫上了安全帶，試了試各種掣的位置，將椅子向後移動了吋許，安妮關心地道：「蘭花姐，你有勝利的把握麼？」

木蘭花搖著頭，道：「很難說！」

這時候，正有一輛白色的車子，發出巨大的吼聲，向前飛衝了出去，木蘭花道：「看我去追這輛車子！」

她關了車門，車子立時發出了吼叫聲，在轟然巨響中，已向前直衝了出去，木蘭花順利地操縱著，心中不禁讚嘆，那真是非同凡響的車子。

那輛白色的車子，離木蘭花大約有三十碼，但是木蘭花卻迅速接近了，而且，立刻追過了它，向前飛馳而去。

指標上的速度，已達到了一百五十哩，但是車子還是緊貼著地面，平穩如常，轉眼之間，車子已到了公路開放段的盡頭。

木蘭花並不減慢車速，突然一個大轉彎，車子已經掉了頭，又衝向前去！

在公路開放的盡頭，也聚集著不少賽車手。

當他們看到了一個如此漂亮，技術超群的急轉彎之後，人人都呆了一呆，接著，便紛紛打探起駕駛這輛車子的究竟是什麼人來。

但是當眾人談論時，木蘭花的車子早已飛遠了！

有幾個賽車手，望著迅速遠去的木蘭花的車子，卻不由自主搖了搖頭，跑道試車絕不代表正式的賽車，在正式的賽車道上，情況是千變萬化，瞬息萬變的，往往一個極小的因素，不但可以使一個出色的賽車手失敗，而且可以使一個出色的賽車手喪生。

但是，從試車的情形來看，也多少可以看出自己將遇到什麼樣子的對手，那幾個賽車手之所以不由自主地搖著頭，就是因為看出了木蘭花是一個極強的對手。

木蘭花的車子迅速地來到了公路的起端，她並不停下，而又轉了一個彎，她來回飛馳了六次，才停下了車子。

雲五風忙走過來檢查機件，安妮興奮得漲紅了臉，道：「蘭花姐，你簡直就像是在駕御一個法寶一樣，一下子就來，一下子就去了！」

木蘭花除了下頭盔，笑道：「五風，這是我一生之中遇到最好的車子，坐在這種車子中，感到車子簡直就是人身體的一部分！」

雲五風高興地笑了起來，木蘭花那樣稱讚他的設計，那實在是非同小可的事，他抬起頭，道：「我想是沒有問題的了。」

在雲五風檢查機件之後，木蘭花又來回地飛馳了幾遭，然後，將車子寄存在大會管理人員處，他們向前走著，安妮問道：「我們什麼時候再來？」

「明天，」木蘭花回答，「明天再試駕駛更高的速度，後天，再試一次，那就可以正式參加比賽了。」

安妮靠著木蘭花，臉上充滿了敬佩的神色，她道：「蘭花姐，你從來未曾參加過賽車，心中是不是會感到緊張？」

木蘭花四面望了一下，公路的開放段上，至少有三十輛車子，在發出吼叫聲，此來彼往地飛馳著，木蘭花道：「自然是緊張的，但是我想我可以應付！」

安妮握住了木蘭花的手背，搖動著，道：「你一定可以應付的。」

他們來到了雲五風的車子的旁邊，回到市區。

大賽車已經成為市民的話題，尤其是在木蘭花報名參加之後，市民的情緒更是熱烈，不論到什麼地方，都可以聽到人們在談論著大賽車。

反而是木蘭花自己，在回到家中之後，像是將這件事情忘了一樣，連穆秀珍打電話來問試車的情形，她也叫安妮代說。

到中午時分，高翔來了。

高翔的面色沉重，他才一走進來，就道：「蘭花，你知道今天上午，到了兩個什麼人?」

木蘭花望著高翔，並不出聲。

高翔立時道:「他們是喬治兄弟，大喬治和小喬治。」

木蘭花也皺了皺眉，道:「是他們?他們不是在監牢中麼?何以能夠到本市來?他們兩人，倒是第一流的賽車好手。」

「哼，」高翔憤然道:「也是第一流的犯罪好手，他們前年因為販運毒品，被判入獄，刑期剛滿，就來參加賽車了，而且，一家大資本的汽車公司支持他們，供給他們最好的車輛。不過，我看幕後支持他們的，一定是犯罪組織。」

木蘭花想了一想，道:「這兩兄弟的確值得注意，但是，我們也不能懷疑每一個前來參加賽車的人，高翔，你說對不對?」

高翔顯然並不同意木蘭花的話，他搖了搖頭。

木蘭花還想說什麼，高翔已道:「對了，我應該多派些人去，保護守衛那些賽車，如果有人破壞賽車，就會出慘劇了。」

他向電話旁走去，一連打了幾個電話，才轉過身來，道:「我倒不怕你在競爭中得不到第一，最怕存心得冠軍的人，知道你也參加了，從中用卑鄙手段破壞!」

木蘭花皺了皺眉，她並不是不同意高翔的見解，而且她知道，自己要在這場大賽車中爭勝，是一種非同小可的事，決不能再有別的事分心的。如果她時時刻刻擔心有什麼意外，那麼，在賽車中，她就不可能爭奪冠軍了，所以她皺起了眉，望著高翔。

高翔也像是立時知道了她的意思，是以笑了笑，道：「蘭花，我不再用這些事來煩你了，你只管專心一致去爭取勝利好了。」

木蘭花伸了一個懶腰，就在這時，只聽得花園的鐵門外傳來了兩下汽車的喇叭響，木蘭花轉頭向外看去，只見一輛極華貴的大房車停在門外。

高翔和木蘭花兩人，一看到那輛車子，就認出那是林肯牌大陸型房車，這種車子的價值，超過三萬美金。

高翔立時道：「我們有客人來了。」

車子停下，一個穿著黑色制服的司機下了車，陽光映在他衣服上的金鈕扣上，閃閃生光，他打開了車門，自車中走出了一個中年人來。

那中年人的身形，又瘦又高，他先抬頭看了一眼，然後點了點頭，他站在車邊不動，那司機走過來，在門旁的鈴上按了幾下。

安妮道：「我去看看。」

木蘭花點頭道：「好的，先別開門。」

安妮走了出去，木蘭花和高翔都看到安妮和那個司機講了幾句話，然後，司機轉過身去，那中年人將一張名片交給了司機，司機又將名片交給了安妮，安妮走了回來。

高翔「哼」地一聲，道：「看來，像是一個大亨。」

木蘭花笑道：「不論他是什麼人，他到我這裡來，總是有事情來找我的。」

安妮立即走了進來，將那張卡片，遞給了木蘭花。

木蘭花和高翔一起定睛看去，只見卡片上的銜頭是：「歐洲聯合汽車公司總裁」，他的姓名則是佟寧。

木蘭花立時向高翔望了一眼，高翔搖了搖頭，但是他立時打了一個電話，吩咐了一句話：「盡快調查歐洲聯合汽車公司總裁佟寧這個人，一有了他的資料，就打電話給我，我在木蘭花家中。」

而木蘭花則對安妮道：「請他進來。」

安妮又向前走去，打開了鐵門，那中年人慢慢地走了進來。他的每一個行動，他的神態，到處都表示著他是一個極成功的人物。

等到他走進了客廳，高翔也已放下了電話。

他進門後不久，就站定了身子，略帶著幾分驕傲，但是卻十分有禮貌地問道：「哪一位是木蘭花小姐，請原諒我冒昧來訪。」

木蘭花微笑著，道：「我就是，歡迎你來，請坐！」

佟寧又向前走了兩步，坐了下來，木蘭花則坐在他的對面，笑道：「這位高先生，是我們的好朋友。」

佟寧像是根本看不起高翔一樣，只是向高翔略點了點頭，他道：「木蘭花小姐，我辦事喜歡直截了當，這或者正是我主持下的汽車公司業務鼎盛的原因！」

他一開口，就有一種咄咄逼人的味道，木蘭花仍然微笑著，道：「那最好，我也不喜歡講話拖泥帶水，轉彎抹角的人。」

佟寧伸了伸身子，道：「小姐，我這次來，是提供你兩個選擇，第一，請你放棄這次賽車，第二，請你用我們出品的車子。」

高翔和安妮兩人一聽，臉上已有了怒容。

但是木蘭花卻向他們擺了擺手，示意他們不要發作。

她像是很感興趣，笑容可掬，道：「我可以知道為了什麼原因麼？」

佟寧揮著手，道：「很簡單，我們公司的幾種產品想大力開拓在亞洲的市場，如果我們的車子得了冠軍，那對開闢市場有極大的幫助，我們對於這次大賽車的冠軍，是志在必得的！」

木蘭花笑道：「那樣說來，你認為我是這次大賽車冠軍的熱門人選了？」

「是的，小姐，今天早上，你在試車，你試車的全部情形，我們的人員已經拍攝了下來，我已看過他們拍下來的影片。」

佟寧講到這裡，略停了一停。

木蘭花和高翔兩人也迅速地互望了一眼。木蘭花的心中更暗地吃了一驚，因為當時，她絕未注意到有人在向她攝影！

佟寧又道：「你駕的車子是第一流的，但是更優秀的是你的駕駛技術，你對我們的計劃有了威脅，是以我來請你合作。」

木蘭花緩緩地道：「如果我答應了——」

佟寧立即說道：「我已準備了一張十萬鎊的支票。」

木蘭花又緩緩地道：「如果我不答應？」

佟寧搖著頭，道：「小姐，那對你絕沒有好處，你將會遇到極強的對手，我們請來的賽車手，是喬治兄弟，大喬治和小喬治，在賽車中，已有三次將對手的車子擠成粉碎的紀錄。」

高翔聽到了這裡，實在忍不住了，他立時冷笑一聲，道：「佟寧先生，你剛才那幾句話，已足以構成刑事恐嚇的罪名！」

佟寧斜著眼，向高翔望了過來。

木蘭花平靜地道：「高先生是本市警局特別工作室主任，他幾乎是負責本市警力的一切工作，佟寧先生！」

佟寧的神色略變了一變，顯然他在事先，絕未曾想到高翔會有那樣身分，客廳中的空氣，登時變得十分僵硬起來。

就在這時候，電話響了，高翔拿起了電話來，那是他的助手打來的，道：「我們已查到了佟寧的資料，他是歐洲十大富豪之一，最近十年才發跡，資料顯示，這個人為了做生意，是不擇任何手段的，歐洲商場上，都稱他為危險分子。」

「有什麼不良的紀錄？」

「那倒沒有，他的一切手段，在法律上來說，都是十分正當的，被他併吞的人，也只好自認手段不夠他高強，對他無可奈何。」

高翔覷著佟寧，道：「好，再向國際警方調查他。」

對方答應著，高翔放下了電話。

佟寧咳嗽了一聲，道：「小姐，你還沒有回答我提出來的事，你選用我們公司的出品，這應該是對你最有利的選擇。」

木蘭花客氣地道：「對不起，我認為我自己的車子最好，我不會選用別的牌子的產品。」

佟寧的面色，已變得十分難看。

他站了起來，道：「很好，很好，那麼，再見吧。」

木蘭花自始至終維持著笑臉，她也道：「再見。」

佟寧轉過身向外走去，那司機連忙打開了車門，佟寧進了車子，立時疾馳而去。

高翔「哼」地一聲，道：「原來喬治兄弟就是他請來的，蘭花，喬治兄弟是著名的賽車場上的兇手，而他又是不擇手段的人！」

木蘭花點頭道：「是的，我會加倍小心，但是佟寧的目的，只是為了商業上的利益，並不是為了想有人作了榮譽市民之後，可以方便活動，這一點倒是可以肯定。」

高翔道：「那也不見得。」

木蘭花道：「我倒可以肯定這一點，因為他只是關心他出品的車子，是否能得到冠軍，並不關心什麼人會得到冠軍。」

高翔想了一想，也點了點頭。

木蘭花又道：「而且，如果他真正代表了一個犯罪組織，他絕不會蠢到來和我談判，他一定會在暗中進行著破壞。」

高翔嘆了一聲，道：「不知道是誰提出舉辦這次大賽車的，真麻煩。」

木蘭花笑了起來，道：「你什麼時候怕起麻煩來的？」

高翔自己也覺得好笑，他們又閒談了一會，高翔才告辭離去。

除了木蘭花之外，其餘的人都明顯地表示著心情的緊張，而其中，最緊張的，要算是雲五風了。因為雲五風負責車子的設計，他必須保持車子的盡善盡美，才能使木蘭花得到冠軍。

他從那段公路開到廠中之後，又將車子的設計圖樣攤了開來，仔細研究著還有什麼可供改良的地方。一直到黃昏時分，他才直跳了起來，他想到了有一處地方，還可以作小小的改良，那將會使得車子的運轉更加順暢。

他連忙離開了廠房，駕著車，向公路的開放段駛去，等到他駛到了之後，天色已經很黑了，但是公路的開放段上，卻是燈光輝煌，熱鬧得和白天一樣。

在路邊，是一長列臨時搭建起來的車房，賽車手的車子，全部寄存在這一列車房中。和日間不同的是，車房前多了很多警員。

在木蘭花的那輛車子的車房之前，更有著四個警員之多。

雲五風推開了車房的門，著亮了燈，他又細心地擺弄著機件。

等到他工作了足足一小時之後，他才滿意地直起了身子來。

就在這時，他看到車房的門口，站著一個穿著緊身工作服，身形極其豐滿誘人的女郎。

那女郎看來，也像是剛在修理汽車，因為她的身上，手上，有很多的油污。雲五風本來是十分害羞的人，一看到那女郎，他倒先紅了臉。

那女郎卻向他笑著，道：「嗯，你的車子好漂亮啊！」

雲五風紅著臉，笑了笑，那女郎又道：「請你借一個鐵鉗子給我，可以麼？我的鉗子太舊了，用起來覺得不順手。」

雲五風道：「可以的。」

他從工具箱中拿出一把鉗子來，那女郎向前走來，可是門口的四個警員立時將她攔住，那女郎聳了聳肩，未再向前走來。

雲五風走過去，將那柄鉗子交給了她，她向雲五風嫣然一笑，道：「謝謝你。」

那女郎接過了鉗子之後，立時便向外邊走了開去。

雲五風走進了車子，將車子駛出車房去，在公路的開放段中，來回駛了好幾次，直到他表示滿意了，他才駛回了車房。

他才停下車子，那女郎又出現了，她的手中拿著那柄鉗子，還給了雲五風，又微笑著向雲五風道了謝，雲五風順手將鉗子向工具箱拋去。

工具箱離門口大約有十多呎，就在車子的旁邊，這時候，雲五風已停好了車子，準備離去了，他人就站在門口。

他一拋出了那柄鉗子，就準備轉過身去。

而突如其來的爆炸，也在那一剎間發生了。

對雲五風來說，那強烈的爆炸，是完全出乎意料之外的，在剎那之間，他只覺得「轟」地一聲巨響，身後似乎有一股極大的力量推了過來，令他的身子陡地向後撞了出去，他根本沒有機會去弄清楚發生了什麼事，就重重撞在鐵摺門口。

他那一撞的力道十分大，令得鐵摺門倒了下來，他人也向外仆跌了出去，他感到一陣劇痛，接著，他什麼也不知道了。

高翔是在爆炸發生後七分鐘，趕到現場的。

他甚至比救傷車還早到了一分鐘，當他跳出車子，擠過了人叢，看到了爆炸現場時，他雙手緊握著拳，面色白得駭人。

幾十個警員已圍成了一圈，將圍著看熱鬧的人，全都攔在十二呎以外，那車房屋頂已被炸穿，車房中已沒有完整的東西了。

那輛被木蘭花稱為是最好的車子，已變成了一堆廢鐵。雲五風倒在血泊中，人事不省，受傷的還有兩個警員，和另外一個恰好從門口經過的技工。

但是他們三人的傷勢，卻並不重。

高翔直來到雲五風的身邊，他才俯身看了一看，救傷車也趕到了，救護人員跳下車來，高翔尖聲叫道：「動作快些！」

救護人員將擔架抬到了雲五風的身邊，雲五風的左背看來已然折斷了，他的背後還在淌著血，救護人員施展急救，然後將他放上了擔架，抬上車，以極高的速度送到醫院去。

高翔一直緊握著雙手，他的手心中在冒著汗，他的心中充滿了無比的憤怒，救傷車一走，他就吼叫道：「誰負責守衛這裡？」

還有兩個未曾受傷的警員，一起在高翔的面前立正，行禮，高翔厲聲道：「你們是怎麼守衛的？我不曾吩咐過要特別小心麼？」

那兩個警員道：「高主任，我們盡責守衛，絕沒有人走進車房過，除了雲先生自己。」

兩個和高翔一起來的警官，已從發生爆炸的車房中走了出來，道：「主任，是烈性炸藥引起的爆炸，好像是一枚小型的炸彈引起的，幸而車房中沒有儲放太多的汽油，不然就不堪設想了。」

高翔吸了一口氣，道：「炸彈是不會自己飛進來的，可有什麼人接近過這間車房，拋進了什麼東西？」

「絕對沒有！」那兩個警員回答，「只有一個女郎，向雲先生借過一柄鉗子，當她歸還了這柄鉗子之後，爆炸就發生了。」

高翔忙道：「你們快回警局去，將那女郎的樣子告訴繪畫專家，將她的樣子畫出來，通知全警員，通緝這個女人！」

那兩個警員立時答應著，登上一輛警車離去。

高翔道：「繼續封鎖現場，我到醫院去，一有了那女人的畫像，立時拿來給我。」

好幾個警官一起答應著：「是！」

高翔轉身上了車，當他雙手扶住了駕駛盤的時候，他才發覺自己的手心中有那麼多汗，他知道，一場尖銳的鬥爭已經開始了！

敵人的手段是如此狠毒，一上來就炸毀了木蘭花的車子，而且，也令得雲五風受了重傷，接下來還會發生什麼事，真是誰也想不到！

3 碧眼兒琵琶

高翔的臉上現出十分警覺的神情來，敵人的手段再狠辣，再卑鄙，他也一定要與之周旋到底。他在踏下油門之前，探出頭來。

兩個警官立時奔到了他的身前。

高翔沉聲吩咐道：「去查一查，歐洲聯合汽車公司總裁佟寧，住在哪一間酒店，將他扣留，等我回來，向他問話。」

「是！」那兩個警官忙答應著。

「別忘了先辦好合法的手續！」高翔又補充了一句，踏下油門，車子向著市立醫院迅速地駛去。一路上，閃過了好幾個紅燈。

因為他擔心著雲五風的傷勢，雲五風看來傷得十分重。

等到高翔到了醫院，衝上了二樓的急救部門時，他看到，在緊急手術室的門上亮著紅燈，那表示手術室中，正在進行緊急的搶救，生和死，正在手術室中展開激鬥。

在手術室門外，木蘭花、安妮、雲四風、穆秀珍全都到了。

高翔在一接到了爆炸報告之後，便立時通知了他們。

高翔在通知他們的時候，就告訴他們，不可到爆炸現場去，直接趕到醫院來。

高翔看到各人的臉色都十分陰暗，穆秀珍和安妮臉上更有淚痕。

雲四風在焦躁地踱來踱去，高翔沉聲問道：「怎樣？」

木蘭花搖了搖頭，道：「還不知道，有六位醫生正在進行搶救，一位醫生在初步檢查之後說，爆炸的衝撞力是自他身後飛來的，有可能，他的背椎骨斷折了。」

高翔聽到了這裡，全身都感到了一股寒意，身子也不由自主震了一震，如果背椎骨斷折了的話，那麼，就算在傷勢復原之後，雲五風也會成了廢人！

高翔立時向急救室的門走去，看樣子，他衝動得要衝進手術室去看個究竟。

在那樣的情形下，還能夠保持冷靜的，大約只有木蘭花一個人了。

木蘭花一看到高翔向前走去，立時喝道：「高翔，別去妨礙醫生的工作。」

高翔道：「可是，我要知道他怎麼了！」

「你進去的話，並不能使情形改善，只不過使情形更糟糕！」木蘭花說：

「我們在外面等，一有結果，醫生就會出來的。」

高翔停在門口，就在這時，急救室的門打了開來，兩個護士匆匆向外走來，高翔忙道：「傷者怎麼樣了？」

那兩個護士一面走，一面道：「他失血極多，需要大量輸血，真正的情形怎樣，還不知道，請不要阻攔我們的工作。」

那兩個護士走進了一間房間，又迅速地推了一車血漿，走進了手術室。高翔感到自己的臉上肌肉在跳動著，他緩緩轉過身，來到了雲四風的身前。

他想說幾句話來安慰雲四風，但是他自己心中的悲憤、焦急，絕不在雲四風之下，他實在沒有法子來安慰雲四風。

雲四風啞著聲問道：「高翔，是誰幹的？」

高翔道：「在車房前，我派了四個警員守衛，有兩個也在爆炸中受了傷，另外兩個說，有一個女人，向五風借過一柄鉗子，而當她歸還鉗子之後，爆炸就立即發生，引起爆炸的小型炸彈，多半是藏在那鉗子之中，而五風未曾覺察。」

木蘭花道：「那麼，我們應該可以得到那女人的樣子！」

「是的，我已吩咐他們，根據描述，一畫出來之後，立時送到這裡來的，同時，我也下令，扣留了佟寧，這個雜種！」

高翔憤然罵著。

木蘭花沉著聲道：「高翔，扣留佟寧是一個錯誤。」

高翔道：「自然是他主使的。」

木蘭花道：「我不以為如此，佟寧絕不會蠢到下午來威脅過我們，晚上就去炸了車子，炸車子的，另有其人，不是佟寧！」

高翔氣吁吁地道：「我還是要扣留他，他至少是最具嫌疑的人！」

木蘭花道：「不錯，但是我們還要和他合作。」

高翔幾乎跳了起來，問道：「什麼？」

木蘭花道：「我還要繼續參加賽車，高翔，警方擔心的事，已經發生了，有人要不擇手段，成為本市的榮譽市民，我要佟寧供應我最好的賽車！」

高翔不出聲，在受了那樣的打擊，心中充滿了憤慨的情形下，要高翔的腦筋迅速轉過來，轉到和佟寧合作，他是轉不過來的。

這時，又有兩個警官奔上了樓梯，向高翔走了過來，他們的手中拿著一支夾子，當他們來到高翔的身前之際，就打開了夾子。

夾子中有一張很大的紙，紙上畫著一個很美麗，很野性的女郎，高翔和木蘭花兩人一看，便一起吸了一口氣，他們只消看一眼，就認出了那女郎是什麼人，那女郎是著名的危險人物：碧眼兒琵琶！

高翔的臉部肌肉，又不由自主跳動起來，他恨恨地道：「有這樣著名的犯罪人物混在賽車手中，我居然不知道，我們的工作做得太差了！」

木蘭花道：「她決不是以賽車手的姿態出現的，而且可以說，她和賽車一定一點關係也沒有，她只不過在那裡等候機會而已。」

高翔抬起頭來，道：「琵琶為誰工作？」

木蘭花冷冷地道：「她為誰工作？誰出得起錢，她就為誰工作。」

高翔闔上夾子，道：「通緝令已下達了麼？」

那兩個警官道：「下達了，所有的交通要道都布置了人，搜查各大酒店的工作也已經開始，但根據紀錄，這個女人是極其狡獪的！」

高翔道：「再狡獪也要叫她落網！」

木蘭花來回踱著：「琵琶在行事之際，居然不化裝，可知她的任務是破壞那車子，我想她裝在那鉗子中的，應該是一枚定時炸彈，但不知道是什麼原因，卻使這枚炸彈突然爆炸，只怕琵琶自己也受到意外哩！」

木蘭花的判斷能力的確是超人的，她的推斷，自然也十分正確，雖然她並不知道，雲五風當時，是在門口將鉗子拋進工具箱去，大力的撞擊，使得本來要在三小時之後才爆炸的炸彈，立時發生了爆炸。

高翔揮著手，道：「她是在為誰工作，只要找到她，就可以明白了。」

木蘭花道：「不必心急，在我得到了佟寧的最佳車輛之後，那人一定還會再派人來破壞的，到時，他就會自投羅網了。」

木蘭花的話才講完，手術室的門就打了開來，一個帶著口罩的醫生走了出來，他一走出來，就拉下了口罩，他的臉上滿是汗珠，所有人的眼光，立時齊集在醫生的身上！

醫生舉手，抹著臉上的汗，穆秀珍幾乎是在叫嚷一樣，道：「醫生，你快開口啊，傷者的情形，怎麼樣了？」

醫生道：「幸運得很，他的脊椎未折斷，但也受了震傷，只不過可以用手術糾正，現在還未查明的是他臉部的受傷程度。」

「沒有生命危險？」雲四風問。

醫生的回答很謹慎，他略停了一停，才道：「那很難說，因為他現在還沒有脫離危險時期，我只能說，他的脊椎並沒有折斷。」

沒有人再說話，突然靜了下來，從每個人臉上，可以看出他們心情的沉重，穆秀珍雙手緊緊地握著拳，神經質地在揮動著，高翔不住地走來走去，木蘭花緊抿著嘴，雙眉緊蹙在一起，而安妮則轉過頭去，淚水自她的眼中湧了出來。

醫生並沒有給他們肯定的答覆，而他們也可聽得出，醫生的話，只盡量往好的方面說，實際上，雲五風的傷勢極其嚴重！

那位醫生又抹了抹汗，道：「我看，各位等在這裡也是沒有用的，還是回去等候醫院的通知，我們會盡一切的力量救活傷者的。」

醫生雖然提出了那樣的勸告，但是他們幾個人，卻沒有一個人願意聽從。

醫生嘆了一聲，搖著頭，道：「我失陪了，手術室中還需要我。」

他推開手術室的門，又走了進去。

高翔站定了身子，道：「警方在醫院中有一間辦公室，我們到那裡去，一面等候五風的消息，一面商量一下對策，好不好？」

高翔是望著木蘭花在說著的，木蘭花像是未曾聽到高翔的話一樣。直到高翔又說了一遍，她才苦笑了一下，道：「好的。」

安妮立即道：「我在這裡等他！」

木蘭花、高翔、雲四風和穆秀珍都沒有說什麼，因為他們明白安妮對雲五風的感情，雲五風是個相當害羞的人，但是他對安妮卻特別好，他替安妮製造萬能輪椅，又替安妮製造飛行枴杖，現在，安妮的雙腿復原了，他反倒到了死亡的邊緣！

在這種情形下，安妮心中的難過，是可想而知的了。

高翔用力地道：「自然是佟寧那傢伙，剛才，警局中人說，他在拘留所中咆哮如雷，讓我先去給他吃一點苦頭再說！」

高翔低著頭，默默地向前走著，安妮則在手術室門口的一張椅上坐了下來，低著頭，淚水一滴又一滴地落在她的膝蓋上。

木蘭花向她走去，將手按在她的肩頭上。但是木蘭花卻也想不出有什麼話可以安慰安妮的，是以她站了一會兒，向雲四風和穆秀珍兩人揮了揮手，也走了開去。

他們四個人，一起來到了警方的那間辦公室中，高翔以無線電話在和警局通話，他放下了電話，道：「還是沒有那女賊的蹤跡。」

木蘭花緩緩地道：「她躲起來了，一時之間自然難以找得到她，然而重要的卻不是找到她，而是找到主使她的人！」

高翔的神情極其衝動，木蘭花卻恰好和他相反，這時已變得冷靜得出奇，在她的臉上，看不到任何憂戚的神情，她只是在思索。

她搖搖頭道：「不是佟寧，但是我也要去見他，我和他有事情要商量。秀珍，你和四風在這裡，我去見一見佟寧。」

穆秀珍緊咬著下唇，點了點頭。

高翔似乎還想和木蘭花爭論什麼，但是當他接觸到了木蘭花那種鎮定沉穩的眼光時，他想到木蘭花的判斷，每一次都是那麼正確，是以他又將要說的話縮回口去。

高翔和木蘭花一起離開了醫院，一路上，他們並不說什麼，他們才走進警局，便被好多記者包圍，發出了許多問題。

但高翔一個問題也不回答，連忙走了進去，他來到他的辦公室前，便看到三個中年人，正在和一個警官爭論著。

那警官一看到高翔，像是如釋重負一樣，道：「好了，高主任來了，三位有什麼意見，只管向高主任提出。」

那三個中年人一起站起身來，高翔早已認出這三個人全是本市有名的刑事律師，高翔也知道他們是為了佟寧的被拘而來的。

那三個律師中的一個，一見到高翔，便道：「高主任，我們是代表我們的當事人，歐洲聯合汽車公司的總裁佟寧先生的。」

高翔冷冷地道：「歡迎。」

一個律師問道：「我們的當事人何以被警方拘留？」

「他涉嫌和賽車場爆炸有關。」高翔的答覆很簡單。

「那是笑話，有證據麼？」

「沒有，」高翔的語音很冷，「所以，現在不是正式的控訴，只是拘留查詢，這是合法的，警方有二十四小時的拘留權。」

另一個律師用手拍著桌子，道：「但是，為什麼不准我們的當事人與我們見面？那是不合法的，外面有很多記者，你是不是想要我們去宣布警方的這種不合法的行為？」

高翔冷笑著，道：「沒有不准許你們和他見面，那只不過是因為我還未來到警局之前的一項臨時措施，你們現在可以去見他。」

律師呆了一呆，他本來以為他的話已找到了高翔的弱點，但是現在卻立時遭到了高翔的反擊，他本來是滿臉怒容的，這時卻又立時變得笑容滿面，道：「那麼，高主任，讓我們來商量一下保釋的問題，怎麼樣？」

「沒有商量的餘地！」高翔斷然拒絕。

那三個律師互望了一眼，他們是著名的刑事律師，而高翔在不少嚴重的刑事案件中，擔任過警方的主控官，和他們在法庭上「交手」，也不止一次了，他們自然知道高翔既然說沒有商量的餘地，那就再多說也沒有用的了，是以他們只是道：「那我們去見當事人。」

高翔冷冷地道：「請跟我來。」

他們五個人一起向前走去，才走過了一條走廊，就聽到了佟寧的咆哮聲，佟寧雖然已是歐洲十大豪富之一，可是他的出身卻很不好，他曾做過很長時期的小流氓，這時，他正用著骯髒的語言在罵著警員。

高翔冷笑著，道：「聽到沒有？」

一個律師道：「他是全然無辜的，任何人遭到了像他那樣不平的待遇，都會那樣！」

他們來到拘留所的門口，佟寧已看到了他們，一個律師忙大聲道：「佟寧先生，你什麼也不必說，我們會替你應付的。」

但是佟寧憤怒得像是瘋了一樣，他雙手抓住了鐵檻，厲聲道：「高翔，你是個雜種，你以為我沒有辦法對付你麼？」

高翔臉色陰沉，道：「你若是再罵一句，單是辱罵警官，已可以使你入獄的了！」

佟寧的臉上一陣青，一陣白，雙眼圓睜，看他的樣子，像是要將人吞噬下去一樣。

他們還在繼續向前走去，但是木蘭花卻雙手一攔，攔住了各人，道：「讓我先去和他說一句話可好？」

那三個律師互望著，他們自然沒有不認識木蘭花之理，他們都點了點頭，木蘭花直向前走去，向拘留所門口的一個警員點了點頭。

那警員打開了鐵門，佟寧立時向外衝了出來，木蘭花卻已攔住了他的去路，佟寧怒容滿面，握著拳，看他的樣子，像是想打人一樣。

木蘭花卻十分冷靜，她道：「佟寧先生，你們公司出品的最佳汽車，運到本市來了麼？我想試試車，請你安排一個時間。」

佟寧陡地怔住了，他的雙眼睜得甚大，望定了木蘭花，一句話也說不出來，過了好久，他才「哼」地一聲，道：「你在開什麼玩笑？」

木蘭花道：「我的車子遭到破壞，被人炸掉了，你是知道的，而我仍然要參加這次賽車，所以，我需要一輛好車子！」

佟寧用心地聽著，而等到木蘭花講完，他怪聲怪氣笑了起來，道：「別當我是小孩子了，如果我答應了你，那麼，我就有了犯罪的動機，是不是？我就是因為涉嫌炸了車子被拘留，你還開什麼玩笑？」

「炸車子的不是你。」木蘭花直視著他，「而如果你將你最好的車子給我，而不是給那班以犯罪出名的兄弟，那對你是有好處的。」

佟寧又望了木蘭花半晌，然後，再抬起頭來，望了望高翔，當他望向高翔的時候，他的臉上現出不屑的神色來。

他道：「木蘭花，你得享盛名，倒也不無道理的！」

佟寧雖然在稱讚木蘭花，但等於是在諷刺高翔一樣，高翔的臉色很難看，但是他卻並沒有出聲，因為木蘭花正在和佟寧展開談判。

木蘭花道：「什麼時候？」

佟寧「哼」地一聲，吼叫道：「如果我在拘留所中——」

木蘭花立時道：「如果你離開之後，不再興風作浪，那麼，我可以向高主任說說，使你離開這裡，依然順利地去進行你的事業！」

佟寧顯得十分高興，道：「一言為定，我最好的車子已運到本市了，這是一個高度的秘密，我把這輛車子給你。」

木蘭花的回答很簡單，道：「一小時後，我在高速公路的開放路段等你。」

木蘭花話一說完，就轉過身向外走去，佟寧也走出了拘留所，他的三個律師立時擁住了他，其中一個問：「高主任，還有什麼手續？」

高翔的神態仍是不怎麼高興，他道：「沒有什麼手續，但是你們必須從後門離去，不能和警局大門的記者接觸。」

佟寧卻是興高采烈，道：「沒有問題！」

高翔也不和他們再說什麼，立時跟在木蘭花的身後，到了他的辦公室中。

一到了他的辦公室，他就將門關上，道：「蘭花，你相信你的決定沒有錯嗎？」

木蘭花並不出聲。

木蘭花攤了攤手，道：「我沒有選擇的餘地，我只好那樣，我的想法是：炸車的如果是佟寧，那麼，以後一切就會順利了。」

高翔究竟也是聰明人，他一聽得木蘭花那樣說，立時就明白了！

但是，當他在明白了木蘭花的意思之後，他卻也陡地吃了一驚，道：「蘭花，你的意思是，如果炸車的不是佟寧，那麼，破壞者還會繼續破壞？」

木蘭花立時點了點頭。

高翔吸了一口氣，道：「蘭花，你是想引破壞者繼續施展破壞手段，從而使我們可以有更多的線索，來知道破壞者是什麼人？」

木蘭花冷靜地微笑著，道：「正是。」

高翔不禁苦笑了起來，道：「蘭花，你可知道那樣做，要冒多大的險！破壞者的辦法，是數不盡的，我們沒有辦法一一預防。」

木蘭花的笑容漸漸凝止，她的聲音，聽來也更沉穩，她道：「高翔，除了這個辦法之外，你有什麼別的辦法？」

高翔呆了一呆，他繼續苦笑著，道：「除非我們可以捉到琵琶。」

木蘭花搖了搖頭，道：「現在，我們所需要的，不是憑空的想像，而是積極的行動，我現在就到公路的開放段去，你到醫院去。」

高翔握住了木蘭花的手，他凝視著木蘭花，但是他卻沒有說什麼。然而，他根本不必說什麼，木蘭花也可以知道他這時的心意，他是在對木蘭花表示深切的關懷。

木蘭花低聲道：「我會小心的。」

高翔會意地一笑，他們之間相知得太深了，根本已經不需要多餘的言語了。

他們一起離開警局，記者還沒有散，又一起圍了上來，有記者問道：「蘭花小姐，你的車子被炸毀了，你認為那代表了什麼？」

木蘭花站定了身子，道：「我認為那是一種破壞。」

「破壞的目的何在？」

「當然是使我不能出賽！事實上，我絕不是一個一流的賽車手，我之所以參加賽車，只不過是作為本市的居民之一，想為本市爭一份光榮而已。」

「那麼，你是不是繼續參加賽車？」

「當然是，我已和歐洲聯合公司總裁佟寧先生，有了協議，由他供應我他公司出品的最好的汽車，我仍然繼續參加比賽！」

木蘭花的宣布，自然是一項重要的新聞，那些記者全都一轉而散，高翔陪著木蘭花上了車，他自己駕著車，直赴醫院去了。

公路的開放段上，仍然是一樣的熱鬧。

因為爆炸而起火的幾間車房，已被迅速地清理過，一切廢物全被移去，那地方變成了一片平坦的空地，已有幾架車停在上面。

木蘭花到達的時候，看到一輛純白色的跑車，正從一輛卡車上吊下來，佟寧站在一輛敞篷車上，正在指揮著，一看到了木蘭花，他便跳出車來。

木蘭花望著那輛車子，那車子的形狀，簡直就像是一隻古怪的甲蟲，佟寧拉著一個人，來到了木蘭花的身前，道：「蘭花小姐，這位是負責製造這輛車子的工程師，麥維拉先生！」

木蘭花欣然微笑，因為麥維拉是著名的汽車設計師，她和麥維拉握著手，他們一起向那輛已被吊到了地上的白色跑車走去。

雖然只不過是二十多碼的距離，但是木蘭花在那短暫的時間中，已向麥維拉提出了十多個有關這輛白色跑車的問題。

然後，他們兩人一起登上那輛跑車，先由麥維拉駕駛，兜了幾個圈，再由木蘭花駕駛，當車子的速度提高時，那輛跑車簡直像一支箭一樣，飛馳在平坦的公路上。

當木蘭花來回駛了七八遭，測驗了這輛車子的種種性能，又停了下來之後，佟寧迎了上來，道：「蘭花小姐，你覺得怎樣？」

木蘭花的回答很簡單，道：「好車子！」

麥維拉高興地笑了起來。

木蘭花又道：「離大賽車還有兩天，在這兩天中，警方自然會保護這輛車子，但你也不妨僱請私人保鏢，加以保護。」

佟寧揮著拳頭，道：「自然，誰要是敢破壞我的車子，我決不和他客氣，蘭花小姐，這裡是你的報酬！」

佟寧自上衣袋中，摸出了信封來。

木蘭花自然知道，那信封中，是他第一次見面時就提出來的那張巨額的支票。木蘭花將那信封推了回去，道：「將來得到了冠軍再說。」

佟寧呆了一呆，顯然在他的一生之中，還未曾遇到過看到了錢而不要的人，但是他卻爽快地收起了信封，道：「好，等你得到了冠軍，我一定加倍付給你。」

木蘭花不置可否地笑了笑，她繼續試著車，接受著記者的攝影，當她終於離開了公路的開放段，駕著車回家時，已是凌晨五時了。

木蘭花覺得十分疲倦，她可以說從來也未曾那樣疲倦過，在過去的六七個小時內，她不但一直在高速駕駛車子，而且，她也未曾停止過思考和憂慮。

她在設想著所有可能的破壞者，也設想著破壞者以後所會採取的方法。自然，她也憂慮著雲五風的傷勢，她可以說是心力交瘁了。

凌晨前的那一段時間，是最黑暗的，當她駕著車，在寂靜無人的公路上疾駛之際，她仍然在想著，回到家中的第一件事，自然是打電話到醫院去，詢問雲五風的情形！

木蘭花將車子控制在適當的速度，因為她知道，在她自己如此疲倦的情形下，是不適宜再作高速駕駛的。

當她的車子，駛離了公路的開放段約莫十分鐘之後，她突然聽得，在公路上，傳來了一陣急促的汽車引擎聲，有一輛車子，正以極高的速度在追向前來！

木蘭花的心中凜了一凜，她立時向後照鏡望去，她看到了兩團奪目的燈光，那兩團燈光實在太明亮了，即使距離還遠，而且是在後照鏡中看到，但是也給人以眩目的感覺，正常的行車，是決計不需要那麼強烈的燈光的。

木蘭花深吸了一口氣，立時將她的車子的速度提高。

可是追上來的車子，速度實在太快，當木蘭花的車子，速度提高到每小時八十哩時，那兩團燈光，還是迅速地逼近了她。

4 交換條件

她的車子在彎曲的公路中急速地轉著，她已可以聽到那輛在後面追上來的車子，在高速急轉彎中，輪胎和地面磨擦所生出來的「砂砂」聲，同時，她也看到，那是一輛深色的跑車。

駕駛跑車的人，好像戴著安全盔，由於那輛車子車頭所射出來的燈光，實在太強烈，是以木蘭花無法看清他是什麼樣的人。

然而，從他坐在跑車的駕駛位上，身形微見傴僂的那種情形看來，他是一個身形很高大的人。

而且，那人無異是一個第一流的駕駛者，木蘭花的車子，已經達到了每小時一百哩的速度，但是那車子還在貼近。

木蘭花疾轉過了一個山角。

這條公路，她是十分熟悉的，她知道，在轉過了那個山角之後，是一條直路，而在直路過後，是接連三個急轉彎。

那輛車子如此高速，著亮了那強烈的燈光追了上來，自然是不懷好意的，木蘭花就準備在那三個急轉彎處，將這輛車子逼下來。

木蘭花轉過了那個山角之後，將車子的速度提得更高，在直路上呼呼向前，直衝了過去，那輛車子，離她只有七八碼了！

由於車速實在太高，是以第一個急轉彎，是突如其來在眼前出現的，木蘭花連忙扭轉駕駛盤，車子吱吱叫著，轉了過去。那輛車子，也立時跟了上來。

木蘭花在一轉過了那個急彎之後，立時又扭動駕駛盤，車子再轉了一個急彎，在這兩個急彎之間，幾乎是喘一口氣的時間也沒有的！

她的車子，巧妙地轉過了那個彎。但是在她後面的那輛車，卻像是料不到第二個急轉彎來得如此之快，顯然他也立時轉了過來，但是「砰」地一聲，車子的一邊，已擦到了山崖。

木蘭花從後照鏡中看得十分清楚，她看到車子的一邊車門，像是紙紮的一樣，飄蕩著，向半空之中飛了上去！而那輛車子的速度卻還不減。

木蘭花也絕不能在這時停車，因為第三個急轉彎已跟著來了。如果她急剎車，車子也一樣非撞向山上不可，是以她斷然轉過了那第三個彎。

當她的身子才一轉過彎之際，她就看到，她後面的那個駕駛人犯了一個錯誤。

那人顯然是因為一邊車門被撞脫了，所以想停下車來，可是他卻未曾料到，第三個急轉彎就在眼前，他本來可以越過那急轉彎的。

然而，當他踏下剎車時，車子猝然停止，在公路中心轉了過來，車尾「砰」地撞在山石上，立時傳來了一下轟然巨響。

隨著那一下巨響，熊熊的火光照亮了半邊天，那輛車子幾乎在不到一秒鐘的時間，就變得不存在了，或者說，化為一片一片的火焰，四下激射了開來。

木蘭花連忙減慢速度，當她兜回來時，路上，山崖上，還都有著火，路面上二十碼的距離之中，全是碎鐵片，那人也不見了。

在如此猛烈的爆炸之中，那人還能剩下多少，實在是一個疑問，他可能什麼也不剩下，全在剎那間的高溫燃燒中，化為灰燼了！

木蘭花並沒有下車，她只是在車中，默默地向外看著，直到火光已漸漸熄滅，她才繼續駕著車，向前駛去。

她心中在想著，那駕車追上來的，是什麼人？如果給他追到了自己，他準備做些什麼？

木蘭花一面想著，一面轉進了一條公路。

當她轉進那另一條公路之際，離她的住所，已經不遠了，那條公路的兩旁，也有著不少房屋，木蘭花穩定地駕著車，突然一聲槍響。

那一下槍聲，是突如其來的。

當木蘭花一聽到那下曳著長音，呼嘯而來的槍聲之際，她立時辨認出，那是長程來福槍的槍聲，但是，子彈的速度，卻比車子快得多！

她的車子在她聽到槍聲之前的一剎間，已經劇烈地震盪了起來，車身突然一側，向外衝了出去，車子是衝向懸崖的，木蘭花在那一剎間，勉力扭轉著駕駛盤，但是事情發生得實在太突然了，她的車子還是撞向了懸崖邊的鐵欄杆。

車子一撞中了鐵欄杆，立時翻跳了起來，翻過了鐵欄杆，又重重撞在懸崖上，然後，骨碌碌地向下，直滾了下去。

木蘭花在車子向上彈起來的那一剎那，推開了車門，她滾出了車門，當車子撞向懸崖時，她人已跳出了車子，向下跌來。

木蘭花想要拉住懸崖上的小樹，穩住她的身子，但是，在她拉住一株小樹之前，她的左腿已經撞在一塊岩石之上。

木蘭花只覺得一陣奇痛，她知道，自己的左腿已經斷折了。然而，她卻還是及時抓住那株小樹，使她的身子不致再向下跌去。

而她的車子，則一直向下滾下去，碰到了岩石，彈了起來，再向下滾，終於，「砰」地一聲，撞在一塊大石上，在轟然巨響中炸毀了。

木蘭花如果不是在最早的一剎間推開車門的話，那麼，她一定絕沒有逃生的機會。

她拉著那株小樹，小腿骨折的劇痛，和那種生死一線的情形，令她的額上也為之直冒冷汗。

她聽得在公路上，有一陣腳步聲奔了過來。木蘭花連忙將身子向懸崖靠了靠，她聽得一個人道：「不錯，那一槍射得真好。」

另一個人，卻只是冷冷地「哼」了一聲。

那個人又道：「你認為她已經死了？」

另一個人又冷冷笑了一聲，道：「你以為木蘭花是什麼？是超人麼？」

那人道：「好，真好，如果沒有木蘭花，你是穩可以取得冠軍的了，是不是？想想看，你是這個城的榮譽市民，哈哈！」

那聲音仍然很冷漠，冷冷地道：「有什麼好笑，你們只是利用我，而且，我想，我的待遇也太低了！」

那人道：「關於這個，可以商量，兄弟，可以商量！」

木蘭花忍著痛，竭力抬頭向上，想看清在路上正在說話的兩個人的模樣，但是她的頭上全是樹木，她根本看不到什麼。

然而那種聽來很冷漠的聲音，卻是她再也忘不了的。

她已經可以肯定，那講話的聲音冷漠的人，也是一個賽車手，而這個賽車手，就是受了犯罪組織的收買，要爭取本市榮譽市民頭銜的人！

木蘭花咬著牙，她已經聽過了那人的聲音，她自信不論在什麼地方，只要那人一開口，她就可以認出那人的聲音來的。

這時，警車的嗚嗚聲已傳了過來，木蘭花聽到那兩人離去時的腳步聲，和汽車迅速遠去的聲音，接著，便是警車聲漸漸近了。

那顯然是附近人家，被槍聲驚醒了好夢，打電話報警的結果。

當木蘭花從手術室中出來的時候，她坐在輪椅上，安妮推著輪椅，穆秀珍、雲四風和高翔跟在後面，全是滿面焦慮。

這時，天已亮了，陽光從走廊一端的窗中射進來，照在走廊的地面上，射出奪目的光彩來。

木蘭花回過頭去望著他們，道：「你們怎麼啦？五風的情形有好轉，他的腦路也沒有大損傷，他的腿傷並不嚴重，二十天就可以復原了，你們做什麼？」

高翔苦笑道：「可是賽車卻在後天舉行。」

木蘭花道：「我已經有線索了，我認得出那個存心爭取榮譽市民的賽車手的聲音，你去和方局長說，由市長出面，請所有的賽車手出席一個酒會，在酒會中，你設法和每一個賽車手說一句話，然後，將他們的聲音錄下來，再記下他們的名字，我就可以知道那是什麼人了！」

高翔道：「我立即就去辦。」

他轉過身，向走廊的一端走去，他還未及下樓梯，便看到佟寧氣喘不已，滿頭大汗地自樓梯上奔了上來，一看到了高翔，便頓足道：「怎麼一回事？」

高翔連睬也不去睬他，自顧自地走下了樓梯。

佟寧又向木蘭花急步走了過來，他唉聲嘆氣，道：「怎麼了，發生了什麼意外？」

「有人要謀殺我。」木蘭花回答，「但他沒有成功。」

佟寧向木蘭花上了石膏的小腿望了一眼，頓足道：「可是你的腿，唉，你受了傷，怎麼還能駕我的車子來出賽，怎麼能？」

穆秀珍、雲四風和安妮三人，立時面現怒容。

因為佟寧竟一點也不關心木蘭花的傷勢，而只關心他自己的車子是不是能奪得冠軍。

穆秀珍已忍不住罵了起來，道：「他媽的——」

可是木蘭花卻擺了擺手，止住了穆秀珍再罵下去，她道：「佟寧先生，關於這一點，你倒是只管放心好了！」

佟寧瞪大了眼睛，道：「放心？什麼意思？難道說，你還能駕駛？」

「我當然不能，但是穆秀珍可以。」

佟寧立時向穆秀珍望去。

穆秀珍也立時驚訝地瞪大了眼，道：「我？」

木蘭花笑著道：「我受了傷，不能不退出賽車，自然只好由你來參加了。佟寧，她的駕駛技術，絕不在我之下！」

佟寧可以說是一個典型的商人，他立時笑了起來，道：「當然，當然，蘭花小姐的推薦，一定不會錯的，穆小姐，你什麼時候去試車。」

穆秀珍還沒有回答，木蘭花已道：「我提議你現在就去，秀珍，你可得小心些，對付我的情形，隨時隨地可能出現在你的身上。」

穆秀珍又有了參加大賽車的機會，她心中極其興奮，她忙道：「當然，我會小心的，而且，我有信心，要爭奪冠軍。」

木蘭花已十分疲倦了，她閉上了眼睛，只是道：「推我到病房去，我要休息了。」

安妮立時推動輪椅，她一面向病房走去，一面道：「四風哥，你和秀珍姐一起去，這裡兩個病人，都交給我來照顧好了！」

雲四風本來心中就有些不放心，欲言又止了好幾次，一聽得安妮那樣說，正合他的心意，而且，他就算留在醫院中，也沒有什麼可做的，是以他忙道：「蘭花姐，你好好休息！」

木蘭花點了點頭，雲四風和穆秀珍目送木蘭花和安妮進了病房，就和佟寧一起離去了。

一路上，佟寧竭力討好著穆秀珍，但是穆秀珍和雲四風對他的態度卻十分冷淡，當佟寧開始誇耀他工廠的設備時，雲四風只是用冷淡的語氣，隨便說出了他屬下的幾個工廠的名稱來，佟寧的神情立時變得十分尷尬，再也說不下去了。

因為雲四風所說出的那幾個工廠，每一個規模都不會比佟寧所屬的歐洲聯合汽車製造公司小！

而木蘭花在進了病房之後，由護士和安妮扶持著，躺到了病床上，不多久就睡著了。

由木蘭花提議舉行的酒會，於正午十二時，在政府的大堂中舉行。

雖然酒會是臨時通知的，但是因為離賽車期近了，所有的賽車手幾乎全在練車，通知起來很容易，酒會的時間是十二時到下午二時，高翔作為主人之一，和每一個賽車手交談著。

同時，他的一個助手，記錄著和他談過話的賽車手的名字。高翔的胸口外衣裏，懸著一個小型答錄機，將他和每一個人的錄音，全都錄了下來。

到了一時四十分，他助手低聲通知他，道：「高主任，報名參加賽車的所有賽車手，已經全到過了，你也和他們每一個人都講過了話。」

高翔點了點頭，他裝成不經意地向外走去。

當他走過方局長的身邊時，他和方局長使了一個眼色，方局長立時會意，高翔走出了大堂，直向停車場走去。

木蘭花要他做的，他已經做到了，他也相信，一聽到錄音帶，木蘭花就可以認出，哪一個賽車手是他們所要找的人！

而在找到了那個賽車手之後，再要找其幕後主使人，顯然不是什麼難事了。

雖然，事情進展到對警方有利的地步，然而所花的代價著實不輕。但是，這件事情總算已了結了。

高翔在走向停車場的時候，已經在計劃這件事情告一段落之後，他一定要在醫院中好好地陪伴木蘭花，直到木蘭花的腿傷痊癒。

他來到了車子旁邊，打開了車門，坐進了駕駛位。

可是，他才一坐定，不知從什麼地方，突然走出了兩個大漢來，那兩個人，本來可能是匿藏在他車子的另一邊的，是以他們突然出現，高翔根本無法預防。

其中的一個，一在車邊出現，立時抬起一條腿，用膝蓋頂住了車門，不讓高翔將車門關上，他的動作十分迅速，一頂上車門，手中的槍已指在高翔的腰際。

而另一個人，則迅速打開了車門，坐到了車後的座位上，那大漢的手中，也有著手槍，而且還立即對準了高翔的後頸。

站在車門口的那大漢，立時沉聲喝道：「快坐過去！」

高翔呆了一呆，他沒有反抗的餘地。他側過頭看了看，就在不遠處的市政府的大堂前，有著好些警員在維持秩序。

可是那幾個警員，卻沒有注意到停車場中已發生了意外。而且，就算他們注意了，也是沒有辦法的，因為高翔已在那兩人的控制之中。

高翔呆了一呆，那大漢的槍管，已重重向高翔的腰際撞了過來，道：「快過去，別以為我們會對你槍下留情！」

高翔挪了挪身子，坐到了駕駛位旁邊的座位上去。

那大漢立時坐上了駕駛位，他以迅速的手法，將高翔身上的槍械和答錄機取了下來，拋向車後，然後，發動車子，向前駛了開去。

高翔的後腦，仍然被身後的那大漢用槍指著，車子在迅速地向前駛，高翔冷笑道：「你們的膽子倒不小啊，你們想怎樣？」

他身後的那大漢道：「請你原諒，高主任。」

高翔一直冷笑著，車子在轉了幾個彎之後，立時停了下來，那是一條十分冷靜的短巷，車一停，那兩個大漢就喝道：「下車，快！」

高翔打開了車門，向車外走去，他的動作十分緩慢，但是當他的一隻腳跨出了車門之後，他的動作卻突然變得極其迅速！

他向前直衝了出去，「砰」地一聲，將車門關上，他在地上打著滾，向一幢屋子的樓梯上，直滾了進去，便一躍而起。

可是就在他一躍而起時，卻聽得樓梯上傳來了一個冷冷的聲音，道：「高主任，你不可以也用這種方式走進來的！」

高翔連忙抬頭看去，只見在樓梯上站著一個人，那人的手中，持著一柄裝有滅聲管的手槍，正對準了他！

高翔不禁苦笑了起來，他只當他的動作如此迅速，一定可以擺脫那兩個大漢的控制了，卻不料他反撞進了賊巢中來。

高翔打著身上的灰塵，來掩飾他的尷尬。

而那兩個大漢，這時也已奔了進來，高翔被逼著走上了二樓，進了一層樓宇，那樓宇的陳設很簡單，顯然是臨時布置的。

高翔被喝令在屋子正中的一張椅子上坐了下來，那三個人各據一角，和高翔相距約有十呎，手中的槍，都對準了他。

然後，「卡」地一聲，另一扇房門外走出了一個人來。

那人的頭上，罩著一個面具，看不清他的真面目，他只走出了一步，便停了下來，道：「高主任，用那樣的方法請你來，真不好意思。」

高翔只是冷笑著，並不說話。

那人又道：「高主任，我想你已經知道了我們是什麼人，以及我們的目的是什麼了，是不是？」

高翔冷冷地道：「當然是，你們是不法之徒，像你們這種人渣，自然不會有什麼好事做出來，做的一定是犯法的勾當！」

那人「嘿嘿」笑著，道：「我們這次想要做的，卻是做貴市的榮譽市民！」

高翔冷冷地道：「你們也不笨了，既然我們早已知道了這一點，就算你們達到了目的，以後警方對榮譽市民特別留意，你們能玩出什麼花樣來？」

那人道：「是啊，我們就是考慮了這一點，所以才請高主任你來商量的，我們想，有一個交換條件，你或者肯答應的。」

「什麼條件？」高翔憤怒地問。

「讓我們得到冠軍，而警方對得到冠軍的人，不作特別的注意。」

「交換什麼？」

「交換你們幾個人的安全，高主任，賽車可不是鬧著玩的啊，在賽車場上，每一秒鐘都在和死神握手，死神隨時隨地可以將你捉進祂的宮殿之中去！」

高翔揚了揚手，道：「廢話。」

那人繼續道：「木蘭花已受了傷，你們的處境怎樣，高主任，你也是聰明人，不會不知道，明槍易躲，暗箭難防啊。」

高翔冷笑著，道：「別異想天開了！」

那人握著手，道：「如果沒有商量的餘地，那也沒有辦法了，高主任，你想想，如果你死在這裡，什麼時候才有人發現？」

高翔冷笑著，道：「可是，你們卻也絕得不到冠軍！」

那人奸聲笑著道：「也不見得，我們已知道穆秀珍代替木蘭花出賽，她絕不是好賽車手，我們有十之七八把握！」

高翔極力鎮定心神，現在，他的處境十分不利，如果他不能維持鎮定的話，那麼，他將更不利。

那人道：「高主任，我們有極其強大的背景，在幾個國際知名的大都市中，都有警方人員是我們的成員，如果你也肯參加的話——」

高翔的心中一動，道：「你們的組織，叫什麼名稱？」

那人狡猾地笑了起來，道：「高主任，如果你答應參加的話，我可以報告上去，上頭自然會安排的，像你那樣身分的人，如果參加了我們的組織，一定是高級人員，每一年，在瑞士銀行的戶頭中，你可以增加一百萬美金的存款。」

高翔冷笑道：「如果我有命用的話。」

「你是絕對安全的，我們的組織極其秘密，國際警方掌握不到我們半丁點兒的資料，我們在各國警方組織中的人，絕不會暴露，而且，我們還可以訂立和我們合作的期限，或者三年，或者五年，一到了時限，決計不會再有任何牽連！」

高翔嗯地一聲，道：「條件倒很不錯。」

他在說這一句話的時候，心內在迅速地轉念著，世界各地，大大小小的犯罪組織，只要是有過犯罪紀錄的，高翔可以說全部瞭若指掌，但是，他卻也不知道有一個如此隱秘的大組織在！

照那人的話聽來，這個大組織似乎是有備而來的，他們的目的，絕不只是爭奪賽車的冠軍，不只是讓他們的人做本市的榮譽市民，而且是針對自己而來的。

高翔望著那人，那人笑了笑，道：「自然是，正因為條件好，所以我們的組織，幾乎是絕對安全的，你如果加入了我們，根本不必替組織做什麼事，只稍有一點事，你不必管就行了。」

高翔道：「那樣說來，你們來這裡最主要的目的，竟是為了收買我了？」

那人「哈哈」笑了起來，道：「高主任，你真是一個聰明人，給你料中了，你想想，每年一百萬美金的額外收入，或者更多！」

高翔的心中暗罵了一聲，他卻裝出很有興趣的樣子來。他在想，一則，他此際的處境不利，不能和對方硬來。而更重要的是，他知道了有這樣的一個組織！

如果他能打進那個組織，從內部去破壞他們，那麼，作為一個警務人員來說，沒有一種功勳比這個更大的了。

高翔靜默了片刻，才道：「我要考慮考慮。」

「可以，但是你決不能和木蘭花商量。」

「為什麼？」

「和木蘭花商量，你所得到的結果，必然是對我們不利的。而你，我們自然還要對你進行種種的考驗，然而我們卻可以相信！」

那人這樣說法，等於在說，他們相信高翔會做壞事！

高翔的心中極其憤怒，他又冷冷地道：「為什麼？」

那人笑著道：「當我們要拉一個人進組織時，我們總對這個人的一切行為，對這個人的歷史，都作極其周密的調查！」

「你們調查到了什麼？」

「我們調查所得，你是在認識了木蘭花之後，才加入警務工作的，而在你加入警務工作之前，高主任——」那人神秘地笑著，沒有再向下說去。

高翔忙道：「行了，別說了！」

那人得意地「哈哈」大笑起來。

在那人的笑聲之中，高翔倒想到了那件事來。

他是在爭奪死光錶的那件事上認識木蘭花的，接著，他就加入警務工作，與木蘭花一起和黑龍黨作戰了（以上故事，請參閱《木蘭花傳奇》1銳鬥）。

而在這之前，他的確只可以算是一個無業遊民，他還有著正式和警方作對的紀錄，這些事，在他的記憶中，本來已漸漸淡忘了。如果不是被那兩人提起，他是不會想起那些事來的。

因為和木蘭花接近的緣故，他的氣質也大有改變，他本性絕非不好，以前，他那種荒唐的生活，原是由於他的任性，和沒有一個關心他的朋友可時時規勸他、影響他的緣故，可是和木蘭花在一起之後，他早已完全改變過來了。

高翔這時突然喝止那人，倒絕不是他不想聽自己過去的事，而是他已經想到，自己如果要破獲那個組織，首先就要獲得那組織的信任！過去的那些荒唐的經歷，就是一個很有力的「薦書」，不然，那人也不會大膽到向自己開口的。

這時候，他故意裝出不願意聽過去的事，那麼，就可以使那個人更以為本市警方也不知道自己的過去，使他們自己有要脅自己的把握，那就更易成功了！

5 終生烙記

那人笑了又笑，足足笑了兩三分鐘，方止住了笑聲，道：「所以，我們有商量的可能了，對不對？我們的高主任！」

高翔故意裝出一副十分尷尬的神情來。

他道：「我還要考慮一下。」

那人道：「我給你三小時的時間。」

高翔直跳了起來，道：「什麼話，三小時？」

「是的，三小時。」那人說：「而且，就在這裡！」

高翔又坐了下來，瞪視著那人。

那人道：「高主任，你是一個很有決斷力的人，所以，三小時的時間，實在已經太多了，而我們好不容易將你請了來，自然不會再放你出去，如果你考慮的結果是否定的，那我們就奉命解決你，如果是肯定的，那我們就立即開始行動！」

高翔不禁苦笑了起來，他「哼」了一聲。

那人揮了揮手，只見一個人，推著一張十分寬大的安樂椅，從一間房間中行出來，那人道：「高主任，請坐下來慢慢考慮。」

高翔憤然道：「就在槍手的監視之下？」

「是的，」那人說：「如果你願意加入，那麼這幾位都是自己人了，你也不必忌憚他們！」

高翔連最後逃走的希望也沒有了！

他坐在那張安樂椅上，靠在椅背上，閉上了眼睛，那人就在他的對面，坐了下來。高翔在閉了眼睛之後，索性完全放鬆了心情，養起神來。

他在休息了半個小時之後，才開始想著整件事情。

他知道，他是很難脫身的了，他無法和木蘭花聯絡，那卷錄音帶也無法到達木蘭花的手中。

這時候，木蘭花並不知道他出事了，木蘭花是不是還有辦法，去獲知那個受了收買的賽車手是什麼人呢？

她可以認得出那賽車手的聲音，照說不是難事。但是，她必須和每一個賽車手交談。如果不是木蘭花已斷了腿，那甚至也不是什麼難事。然而，木蘭花卻斷了腿，坐在輪椅上，她無法裝出不經意的樣子，來和每一個賽車手談話！

高翔想到這裡，不禁在心中暗嘆了一聲。

離賽車已經只有很短的時間了，木蘭花認不出兩個賽車手的可能，佔十之七八，那就是說，穆秀珍將要參加一場真正危險的競賽！

想起穆秀珍衝動的性格，高翔又不禁暗嘆了一聲。

他深深地吸了一口氣，睜開了眼來。

那人幾乎立即道：「考慮清楚了？」

高翔的回答更簡單，道：「我不知道你的身分，我要和更高級的人晤談！」

那人一聽得高翔那樣說，他的神態立時歡喜了許多，他道：「是的，只要你肯和我們一起去，不過要請你原諒的是，你仍然要接受監視。」

高翔「哼」地一聲，道：「我不在乎。」

那人向幾個槍手使了一個眼色，兩個槍手立時離了開去，不一會，其中一個走了上來，道：「一切都已準備好了！」

那人道：「高主任，請！」

高翔在兩個人的監押之下，走出了那個居住單位，下了樓，他立時看到，有一輛大卡車就停在門口，那卡車有一個很大的車廂。

那人先走了進去，高翔在兩個槍手的監押下，也上了車，那兩個槍手立時也上了車，將門關上，高翔被命令坐在車廂的中央。

高翔坐下來之後，那兩名槍手，分別在車廂的小角，他們和高翔保持著相當的距離，使高翔無法施技，情形仍然和在屋中一樣。

車子迅速地向前駛去，車廂是密封的，只在車廂的頂部，有著一排排小小的氣窗，是以高翔根本無法看到外面的情形。

車子開得相當快，高翔在車子停下來之後，看了看手錶，約莫行駛了二十分鐘，在那二十分鐘之中，車廂中誰也沒有開口。

車子一停，高翔便問：「到了麼？」

那人搖搖頭，道：「還早啦。」

車子停的時間很短，他們只講了兩句話，高翔便聽到了一陣機器的胡胡聲，接著，卡車又向前駛了出去。

一下突如其來的震盪之後，車子的行駛，突然變得十分平穩，但是常有著間歇的起伏，而且還聽到了水聲，車子不是行駛在路面上！

高翔忙向那人望去，那人微笑著，道：「這是一輛水陸兩用車，在海中，它的時速，可以高達十哩，我們將在海上行駛三小時。」

高翔沒有再出聲，他閉上了眼睛，三小時，那至少在一百海里之外，那是遼闊的公海，犯罪組織的巢穴設在公海上，自然是最安全的了。

高翔想在那人的口中，探聽一下那個組織的情形，可是那人卻十分小心，一點也套不出所以然來。高翔於是放棄了這個念頭。

他開始設想，對方將會用什麼方法來考驗自己。

照說，這樣一個隱蔽的組織，雖然自己有著不怎麼光榮的過去，但也有光輝的警務工作的紀錄，那麼，他們是不應該輕易相信自己的。

可想而知，如果要通過考驗，一定是極其嚴重！

然而，事情在突然之間，發展到了這一地步，不論對方施加在他身上的壓力是多麼重，他似乎除了接受之外，沒有別的辦法了。

時間慢慢地過去，約莫三小時左右，高翔早已在椅上睡了過去，他是被一陣響亮的汽笛聲驚醒的，他睜開眼來，車廂又在震動了一下，車子又在硬地上行駛了。

高翔起先的推想是，他們已到了一個小島上，但是他立即知道自己猜錯了！

因為，車子只向前行駛了十來碼，就停了下來，那車子一停，車廂的門就打了開來，高翔立即看到，他是在一艘船上！

那一定是一艘軍艦，因為普通的船，決不會有那樣寬敞的甲板，而更令高翔驚訝不止的是，那艘船，他從車廂中望出去，可以望得到的部分，全是黑色的！

高翔從來也未曾見過一艘全是黑色的船，那實在給人以一種極詭異之想。

接著高翔便看到有十多個人，走了過來。

那十來個人，全部穿上水手服，可是他們的水手服，也全是黑色的，他們在卡車前，圍成了一個半圓，那人道：「到了！」

高翔向外走去，當他走出了卡車廂之後，才看到整條船，總有三百呎長，而且，每一部分都是黑色的，除了黑色之外，沒有任何顏色。

高翔回頭向那人望了一眼，道：「好好的一艘船，弄成那樣的顏色，是什麼意思了？」

「象徵神秘！」那人回答，「黑色是最神秘的，我們的船，全部是黑色的，就象徵絕對的神秘，永遠沒有人知道我們的底細。」

高翔問道：「即使加入了組織之後也不能？」

那人道：「我想也不能，我加入組織已經二十年了，我就是知道我們的組織力量大得不可思議，神秘莫測，不可違拒，如此而已。」

高翔沒有再說什麼，他在那人和四個槍手，以及十幾個黑衣水手的圍繞下，向前走去，他們走過了甲板，來到了船艙前，高翔自然看到了裝置在甲板上的小型火箭，那些火箭，也全是黑色的，然後，走進了船艙部分，經過一條長長的走廊。

那艘船，不但外面是黑色的，就連裡面的每一件東西，也全都是黑色的，黑的傢俱，黑的用具，黑的門，處在那樣全是黑色的環境之中，簡直有一種令人要立時發瘋的感覺。

高翔幾乎可以肯定，主持這個組織的人，一定是一個心理極不正常的人！因為即使是犯罪分子，只要他的心理正常的話，也不會想出那種瘋狂的玩意來的！

高翔一直被帶到了一扇門前，那人敲了敲那扇門，門打開，一個一身黑衣的人走了出來，和那人點點頭，那人上下打量著高翔，又縮回身子去。

高翔道：「我還要等什麼？」

「等候接見。」

「等候誰的接見？」高翔緊接著問。

「死神。」那人回答。

高翔的心中陡地一凜，但是那人隨即解釋道：「神是神秘的，但是在一些神中，最神秘的還是死神，這便是我們組織最高主持人的稱號。」

高翔冷笑著道：「那也不是他的發明了，我就會過好幾個人，自稱死神，結果，他們全和死神握手言歡去了。」

那人的面色變得十分難看，但是，那扇門已打了開來，那人站在門口，他的神情十分奇特，有一點像一個傳教士。

高翔看到那房間中的一切，佈置得十分豪華，但是卻也絕無例外，所有一切，全是黑色的，那黑衣人用肅穆的態度宣布道：「高翔，現在，你已走進死神宮殿了！」

隨著那人的一句話，房中一幅黑絲絨的帳幔慢慢向上升了起來，一張黑色的椅子，放在那帳幔之後，那人又道：「高翔，你坐到那椅子上去！」

高翔略為疑惑了一下，便走進了房間，在那張椅子上坐了下來。

那張椅子也是全黑色的，高翔才一坐上去，將手放在扶手上，「啪啪」兩聲響，他的手、足已全被一個銅箍箍住了，在他的頸旁，則是兩塊鋼板，使他不能轉頭。

高翔大聲叫了起來，道：「那算什麼？」

他並沒有得到回答，那幅黑絲絨幔又落了下來。

黑幔一落下，他的身後，就響起了一個聲音，道：「高主任，很抱歉，使你的好朋友雲五風和木蘭花兩人受了傷害！」

那聲音，高翔聽來，只覺得十分刺耳，他自然可以知道，在這樣的情形之下，和自己講話的，一定就是這個神秘組織的頭子了！

他真想轉過頭去，看看那傢伙是怎樣的人，但是這時候，他的頸、手、足，全被半吋厚的鋼箍箍著，他根本沒有法子移動分毫。

高翔只是悶哼了一聲，道：「你用的手段，未免太卑劣了些！」

那聲音又陰陽怪氣地笑了起來，道：「沒有辦法，為了要表示我們的實力，也為了要表示木蘭花並不是無往不利的，所以我們必須這樣做。」

「哼，那你的目的是什麼？」高翔憤然問。

「很簡單。」那人回答，「要使你知道，跟木蘭花，還不如跟我們好，因為我們有能力令木蘭花受傷，就表示我們比木蘭花更強！」

高翔聽得那人這樣說，心中不禁暗暗吃驚。

他心想，原來在事情一開始的時候，自己完全料錯了！自己還以為對方的目的，只在奪取賽車冠軍，做「榮譽市民」。

但是現在，根據那人的說法，他們的目的，一開始就是為了要拉自己下水，他們作出了那種破壞，全然是為了示威，想使自己屈服！

高翔想到這裡，不能不佩服木蘭花的判斷力，因為在雲五風受傷之後，他立即認為事情是佟寧幹的，但木蘭花卻知道事情和佟寧完全無關！

高翔冷笑道：「那你未免太自負了，你們本來想殺木蘭花的，是不是？但是你們卻失敗了，我看，你還是比不上木蘭花。」

那人陰森森地笑了起來，道：「這個問題，我們不必討論了，高主任，我們很明白你的過去，也覺得你現在的生活，實在不好。」

高翔呆了半晌，他在考慮，自己應該如何回答才好，過了半分鐘之久，他才嘆了一口氣，作出不得不承認的口氣，道：「你說得倒不錯。」

那人道：「我們在世界各地有著極好的業務，只是在遠東方面比較欠缺一些，如果你加入了我們，那就十全十美了！」

高翔沉聲道：「你應該知道我在參加警務工作之後，已是一個極受信任的警務人員，我怎能幫你們去做犯罪的勾當！」

那聲音笑道：「高主任，你完全弄錯了，我們不是要你做事，而是要你不做事，只要你不做事，或者少做事，我們就有活動的餘地了！」

高翔聽得對方那樣說法，心中多少有點驕傲之感，他道：「多謝你看得起我，我先想知道，如果我不答應，那會怎樣？」

「不存在這個問題，」那聲音聽來更是陰森，「你只有一條路可走，如果你不答應，那麼，你的另一條路就是死路，我們會去挑選第二個目標。」

高翔呆了片刻，道：「就算我現在答應了你，你也無法知道我是真的答應了你，或只是權宜之計，那又有什麼用處？」

那聲音道：「當然，如果你答應了，你要做兩件事。」

「哪兩件？」高翔問。

這時候，高翔的心中不禁十分緊張，因為他究竟會受到什麼樣的對待，這時，就快有分曉了。

那聲音道：「第一，你要簽署一份文件，表示你自願加入我們的組織，你簽署的這份文件，日期要上溯到三年之前。」

高翔道：「那豈不是我終生受你的控制？」

「不錯，正是那樣，但是在五年之後，你可以完全脫離警方，那時，只要你不和我們為難，你就絕對不會感到組織的存在。」

高翔悶哼了一聲，道：「第二件呢？」

「第二件，或者你難答應些，我們要在你的身上烙一個印記。」

高翔一聽，只覺得一股怒氣陡地上升，他的臉一定已漲得十分紅了，因為他覺得他的臉上，一陣熱辣辣地發燙。

他立即大聲叫了起來，道：「這是什麼話，你當我是畜牲麼？他媽的，太混帳了！」

那人一聲不出，由得高翔罵著，高翔實在是因為再也想不到對方會提出那樣的條件來，是以他又罵了一連串極其難聽的話。

他足足罵了兩三分鐘，才停下來，那聲音道：「十分抱歉，高主任，我們組織中的每一個人都是那樣的，在我們的組織中，這個烙記，被稱為死神的烙記，這不會太大，而且可以烙在你最不受人注意的地方。」

高翔怒吼道：「住口！」

那聲音道：「是不是沒有商量的餘地？」

「絕對沒有商量的餘地！」高翔斬釘截鐵地回答。

那聲音吸了一口氣，道：「高主任，如果真是那樣，那實在是一件很可惜的事，但是我們卻不希望如此，你可以考慮半小時。」

「我根本不必考慮！」高翔再吼叫著。

但是，他卻聽得，在他的身後，傳出了一陣腳步聲，顯然是那人已走開去了，高翔面對著的，只是一幅深黑色的絨幔！

高翔的心情仍然十分激動，但是，他卻知道，對方說半小時，那就一定是半小時，而不會是三十一分鐘，他心中不禁深悔自己決定得太草率了！

可是，他怎麼也想不到對方會有那樣的條件！

現在，自然不能答應對方的條件，如果在身體上烙一個印記，那還像什麼話，他已經考慮過，簽署那份文件，他是不成問題的。

因為他的身上有一枝筆，那枝筆中的墨水是特別製造的，在才一寫下的時候，和尋常的墨水是完全一樣的，但是，在二十天之後，卻會完全消失，一點痕跡也不留下，他可以用這枝筆，去簽署那份文件。

當然，如果有足夠的時間準備，或者是他事先知道對方有此一著，那麼，他就可以在他的手臂上，製造一塊假的皮膚。

但是現在，他卻只有半小時，而且，他根本不能活動。他沒有別的辦法可想了，他已下了決心，他要逃出了，逃出這艘處處象徵死亡的船上。

然而，他怎樣才能逃出去呢？

他試著掙扎著，然而不到兩分鐘，他就知道，除非他是電影中的SUPERMAN，否則，他是絕不可能掙斷半吋厚的鋼箍的。

而且，他也根本不知道鬆開鎖箍的掣鈕在什麼地方，就算知道了，他又不能動，又有什麼辦法？

他的袋中，有一些小工具可供利用，其中包括一柄極其鋒銳的鋼鋸。但是，他的手被箍在椅子的扶手上，他竭力轉動手指，也無法碰到衣袋的邊緣。

他沒有法子逃走！

沒有法子逃走，剩下來就只有兩個結果，一個是死，另一個，則是接受烙印。

高翔閉上了眼睛，汗水自他的額上淌下來。

而時間，卻在慢慢地過去……。

木蘭花在醫院中等著高翔。

她雖然斷了腿，但是她在想，事情快過去了，等到高翔帶著錄音帶來到之後，她就可以知道被收買的賽車手是哪一個。

然後，她就可以進一步查出幕後的主持人是誰了！

木蘭花閉上了眼睛，休息了片刻，又睜開眼來，她看了看鐘，已經一點了，而高翔還沒有來，木蘭花心中想，或許有的賽車手來得遲了！

高翔自然要錄到了所有賽車手的聲音之後才會來的，那麼，不妨再等一會。

她又閉上了眼睛，時間慢慢地過去，已經一點半了！

木蘭花皺了皺眉，一點半，高翔無論如何應該來了！

她向在一旁的安妮看了一眼，安妮忙道：「蘭花姐，有什麼事？」

「打一個電話到市政大堂去問問，雞尾酒會舉行得怎樣了，如果找得到高翔，最好叫他來聽電話。」木蘭花吩咐著。

安妮立時答應著，她來到了床頭，撥著電話，木蘭花可以聽到她的一切對話，而木蘭花也越聽越覺得事情不對頭了。

安妮放下了電話，轉過頭來，道：「蘭花姐，那裡的一個警官說，高主任在四十分鐘之前，便已經離開，他早應該到達的了！」

木蘭花的雙眉打著結。高翔在四十分鐘前離開，那就是說，他在半小時以前，就應該到達了，高翔是絕對沒有理由，在路上延誤了半小時之久的！

他出了意外！

木蘭花在病床上坐了起來，由於她用力太甚了，是以她的傷腿一陣劇痛，那陣劇痛，使得她的臉色看來變得很蒼白。

她忙道：「快和方局長聯絡。」

安妮又急急撥著電話，三分鐘之後，她將電話筒交到了木蘭花的手中，而在那三分鐘內，木蘭花已經設想了好幾個可能，推測高翔是遇到了什麼意外。

她自安妮的手中接過電話筒來，方局長的聲音聽來也十分焦急，他問道：「蘭花，怎麼一回事？高翔還沒有到你那裡？」

「沒有，他一定遭到了意外，他是搭什麼車子來的？」

「是他自己的車子。」

「方局長，通知全市警員，找尋那輛車子！」

「蘭花，他可能遭到了什麼意外？」

木蘭花嘆了一聲，道：「我不知道，但是最大的可能是被人脅持走了，方局長，我們這次面對的，是極其凶惡的敵人。」

方局長苦笑著，道：「你說得是，蘭花。」

木蘭花放下了電話。

雲五風被炸成了重傷，雖然已脫離了危險期，心臟的跳動已恢復了正常，但是他至今還是昏迷不醒，不可能進一步知道他受了什麼傷害。

而她，木蘭花，卻跌斷了一條腿，要逼得躺在病床上。

這樣壞的開始，可以說是她在任何事情中，未曾遇到過的，而如今，高翔又失了蹤。而賽車的舉行日期，又已迫在眉睫了！

木蘭花深深吸了一口氣，安妮瞪大了眼睛，一面緊張地咬著指甲，一面道：

「蘭花姐，我看是找不到高翔哥哥的車子的。」

「可能性極少，」木蘭花點頭，表示同意安妮的話，「但是我們卻又不能不那樣做。唉，我不明白，他是在什麼情形下出了意外的。」

安妮道：「照說，在市政府大堂到醫院這一段路程中，他駕著車，絕不會有什麼人可以有辦法使他停下車子來的。」

木蘭花雙眉一揚，道：「那麼，出事的地點，不是在他剛才離開市政府大堂的時候，就是在他到達醫院的時候，我看是在市政府大堂前的可能性更大。」

安妮眨著眼睛，道：「是的。」

木蘭花道：「替我準備輪椅，我去調查一下。」

「蘭花姐！」安妮立時叫了起來，「醫生吩咐過你不能亂動，要多休息的，我去就行了，我去通知秀珍姐。」

木蘭花嘆了一聲道：「你知道應該怎麼辦？」

安妮感到了有一種十分沉重的負荷，在向她的肩頭上壓了下來。她自然不能讓木蘭花去調查，是以，不論那負荷是多麼重，她都必須承擔下來。

她的臉上現出十分堅毅的神色來，道：「我知道，我會盡我的力量，先去弄明白，他是在什麼情形下離開市政府大堂的。」

「然後呢？」

「然後，我就有希望查到他去了何處。」

木蘭花望了她一會，握住了她的手，道：「安妮，你已經不再是一個小孩子了，你也的確可以獨立行動了，但是這次，敵人極其凶惡，你要小心。」

安妮咬著下唇，她那種堅毅的神色，和她那瘦削的身形相比較，甚至是不相稱的，是以木蘭花有點不捨得放開她的手。

還是安妮自己道：「蘭花姐，我該去了！」

木蘭花又嘆了一聲，在安妮離開病床，走到門口的那一段時間中，她連叮嚀了七八聲小心，安妮一一答應著。

安妮離開了病房，將門關上時，她將背靠在門上，深深地吸了一口氣，她覺得自己像是在突然之間，變成一個大人了！

她將要獨自負責，去做一件事！而且，那絕不是一件小事，她要設法在毫無線索的情形下，去調查高翔的下落。

安妮來到了醫院門口的空地上，她在一輛警車上，借用了無線電話，請方局長將酒會時在大堂中值勤的警方人員都召集起來，因為他們能提供高翔的消息。

而安妮就坐著那輛警車，到了警局。

當她見到了方局長的時候，方局長雖然親切地和她握著手，但是方局長的神情，卻完全將她當作是一個小孩子！

安妮可以十分敏感地覺出這一點來，她道：「蘭花姐說，高翔哥哥失蹤的最大可能，是落在敵人的手中了，所以我們先要知道他離去時的情形。」

「我已經問過了，高翔走出大堂的時候，這兩位警員見過他，還曾向他行禮，但是他卻走得很匆忙。」方局長指著兩位警員說。

安妮問道：「他是一個人離去的？」

一個警員搔著頭，道：「我們記不清了，因為我們沒有注意，但是好像高主任在離開大堂之後相當久，才開動著車子。不過，我們的印象也很模糊。」

安妮皺著眉，說：「方局長，如果他落入了敵人之手，那麼最大的可能，就是當他一離開大堂後，敵人便已經脅持他了。」

方局長嘆了一聲，說：「唉，這些都不是問題，重要的是，他到什麼地方去了。」

方局長那樣說，其實並不是針對安妮的。但是安妮聽了，臉上卻有一陣熱辣辣的感覺。

她點頭說：「是的，我想，到現在為止，還沒有見過他的車子，他的車子，也還未曾被發現，是不是？」

方局長來回地走著，說：「是。」

安妮來到了牆上所掛的本市大地圖之前，呆立了片刻，方局長和幾位警官，自顧自地討論著，並不斷聽取各區巡邏車的報告。所有的報告，幾乎全是一樣的！沒有發現。

安妮一面看著地圖，一面在想，高翔的車子，一定是駛了極短的路程，不然，高翔的車子駛過，所有的警員都會注意的。

而就算是敵人將高翔帶走了，他們也是沒有法子消滅一輛車子的。然而現在，車子卻還未曾被發現，那麼，最大的可能是車子被某一種方法隱蔽起來了。

最簡單的方法，自然是將車子駛進了私人的車房之中，然而，在市政府大廈距離的範圍內，卻並沒有那樣的私人車房。

那麼，第二個最簡單的可能，就是高翔的車子，駛進了一個比車子來得大的空間，而且更大的可能，是繼續在前進著！

安妮一想到了這裡，立時轉過頭來。

她道：「方局長，請你通知各區巡邏車，問他們是不是曾見過一輛有著密封車廂的大卡車，並且，盡可能查問路人。」

方局長道：「為什麼？」

安妮用安詳而鎮定的聲音，將她自己想到的，說了一遍，方局長和幾個高級警官不住點頭，方局長立時向所有的巡邏車下了命令。

安妮仍然注視著地圖，她在設想著歹徒制住了高翔之後，可能離去的地方。

十分鐘後，就有了報告：「半小時前，有這樣的一輛大卡車，自一個窄巷中開出來。」

報告的警員還說，因為那卡車的車廂十分大，又在窄路上行駛，是以他的印象十分深刻。安妮立時在地圖上找出了警員報告的那小巷。

6 死神宮殿

又過了兩分鐘，第二個報告又來了，一輛在公路上的巡邏車，看到這樣的一輛卡車，向海邊駛去，那是第二十二號公路。

安妮的手指立時又移到了第二十二號公路上，那條公路有一段是沿著海邊而築成的，也有七八條小路是直通海邊的。

安妮忙道：「方局長，快派水警輪出海去。」

方局長遲疑了一下，道：「你認為他們到了海中？」

安妮道：「自然是，他們到了二十二號公路，除了到海面上去，沒有第二條去路。」

一個高級警官道：「他們如果到了海上，那就應該將那輛大卡車棄在海邊，可是，卻並沒有大卡車棄在海邊的報告。」

安妮的聲音很冷靜，她道：「如果那是水陸兩用車呢？怎能再找得到它？」

那警官呆了一呆，他忙道：「說得是，不但要派水警快速輪，而且，直升機隊也應該出動，局長，新到的那三艘氣墊船，也好派上用場了！」

「全體出動！」方局長一拍桌子，大聲說著。

安妮立時來到了電話旁，她撥著醫院的電話，等到她一聽到了木蘭花的聲音之後，她立時興奮地道：「蘭花姐，根據我們所得的線索，高翔哥哥可能被人脅持著到了海上。現在，水警輪和直升機都出發去尋找了！」

木蘭花忙道：「好，你可以回來了！」

「不，蘭花姐，我想隨隊前去。」

「安妮，你跟著大隊前去，沒有什麼作用，我還需要知道更多詳細的情形，要你回來對我說。」木蘭花說：「請方局長給你一具無線電通話機，以便我隨時可以和他聯絡！」

安妮的心中嘆了一聲，她放下了電話，向方局長提出了要求，方局長忙將一具無線電通訊儀交給了安妮，又派車送她回去。

當安妮離開警局的時候，三四架直升機已然升空了。

安妮十分鐘之後到達醫院，她將自己如何猜測的經過，向木蘭花詳細地說了一遍，木蘭花面容嚴肅，用心地聽著。

等到安妮講完，木蘭花笑了起來，道：「安妮，你的推理能力真不錯，我相信，你的推斷和事實一定相去不遠，歹徒的總部是在海上！」

她講到了這裡，略皺了皺眉，道：「不過，可能是在公海上！」

安妮呆了一呆，道：「那麼，警方不能對付他們麼？」

「當然不是這個意思，」木蘭花回答，「我的意思是，他們的船，可能停在離海岸很遠的公海上，船隊和直升機都應該飛得遠些。」

木蘭花向那具無線電通訊儀指了一指，安妮忙將之提了過來，放在木蘭花的面前，木蘭花調整著頻率，叫著方局長的呼號。

不一會，她就聽到了方局長的聲音，道：「是蘭花？我們正在海面上低飛，但是，在空中要辨別犯罪者乘搭的船隻，實在十分困難。」

木蘭花道：「方局長，我估計，犯罪者決不會在近岸的船上，他們可能在遠離海岸的公海之中，直升機不妨盡量向前飛去。」

方局長道：「如果在公海的話——」

木蘭花忙道：「就算他們在公海，他們也必然不會在一艘經過任何國家政府註冊的船上，他們一定是在海盜船上面的！」

剛才，方局長的話還沒有講完，木蘭花已經明白了他的意思，是以她立時解除了方局長的疑慮，接著，她又道：「犯罪者的船可能是高速的，也可能配有強力的武器，得千萬小心。」

方局長道：「好的，你別關上通訊儀，我們隨時保持聯繫。」

木蘭花道：「好的！」

在經過了一陣緊張的通話之後，木蘭花的傷口又一陣發痛，她的額上，不禁滲出了一連串細小的汗珠來。

安妮忙用手帕替她抹著汗，木蘭花的身子向後靠了靠，嘆了一聲，道：「歹徒居然對高翔下手，那麼，他們的目的決不止奪取賽車冠軍了！」

安妮道：「還可能有什麼目的呢？」

木蘭花並不回答安妮的問題，只是喃喃地道：「那還不知道，但是一定另有目的，不然，他們是決不會那樣做的！」

安妮望著木蘭花道：「你還是休息一會吧。」

木蘭花卻突然又坐直了身子，無線電通訊儀一直沒有關掉，她們可以聽到直升機葉的「軋軋」聲，木蘭花挺直了身子，問道：「發現了什麼？」

「還沒有發現，」方局長立即回答，「現在，我們已經遠離海岸了，海面上幾乎沒有船……等一等，瞭望手報告，遠處好像有一艘船，在遠端望遠鏡中，可以看到一個小小的黑點，但也有可能，那只是海中的一個孤島！」

木蘭花像是自己也在直升機中一樣，立時道：「向那小黑點飛去！」

「是的，」方局長回答，「我們正在向那小黑點飛去，估計距離是五十浬，在一百倍的望遠鏡中，它也只是一個小黑點！」

的確，在望遠鏡中看來，那也只是一個小黑點！

那天的天氣十分好，海面上一片平靜，視野幾乎是無限遠，方局長已從瞭望手的手中，接過了望遠鏡，向前觀看著。

而同時，直升機也正以全速向前飛去。

方局長已可以肯定，那不是一座孤島，而是一艘船了，可是奇怪得很，那艘船的船身，竟全部是黑色的。

方局長幾乎以為自己是看錯了，他揉了揉眼睛，再看，船還是黑色的。

他立時道：「蘭花，我們發現了一艘船，現在距離還遠，我們不能肯定它是在行駛，還是停在海面，但是卻有一點，很值得注意，那船是黑色的，全部都是黑色的！」

木蘭花的聲音立即傳了過來，道：「死神宮殿！」

方局長呆了一呆道：「什麼意思？」

木蘭花道：「如果那艘船是全部黑色的，那麼，它就是傳說中的黑色宮殿，我在巴黎國際警方總部的時候，曾聽得他們的高層人員說起過，他們知道有一個極神秘的組織。這個組織，專收買或威逼各地的高級警務人員加入他們。」

方局長吃了一驚，道：「那麼高翔——」

木蘭花道：「可是，他們對這個組織卻一點線索也沒有，只有當中東某地的警務總監逝世之前，才透露過一點消息。」

「提及那黑色的船？」方局長問。

「是的，他提及那黑色的船，稱之為死神的宮殿，方局長，現在，事情幾乎可以肯定了，高翔在船上，他們的目的是脅迫高翔參加他們的組織。」

「高翔不會的。」方局長充滿了信心地回答。

「所以，你們就要快些趕到了，這個組織秘密活動了那麼多年，他決計不會讓高翔不參加他們的組織，而又離開那艘船的！」

木蘭花的話，令得方局長的心中又陡地一凜，他說道：「再將速度提高！」

駕駛員回過頭來，苦笑著道：「局長，已經不能再增加速度了。」

方局長對著通訊儀大聲道：「直升機上的所有人，都作一級緊急任務的準備，檢查武器，檢查降落裝置，我們的目標，是那黑色的船。」

木蘭花的聲音又傳了過來，道：「局長，小心船上的射擊！」

四架直升機，向著那艘黑色的船迅速地接近，漸漸地，不必望遠鏡，也可以看得到了，方局長又下令直升機作散隊飛行。

等到離得更近時，直升機在方局長的命令下，提高了飛行的高度。

直升機終於以最低時間，飛到了那船的上空。

一艘純黑色的船，在蔚藍平靜的海面看來，實在是十分怪異的，那船的甲板上，一個人也沒有，方局長的直升機，盤旋了一圈。

正在方局長準備下令低飛之際，突然之間，隆然巨響從甲板上傳了起來，緊接著，在半空之中，已升起了黑煙，爆出了火花來。

那船向直升機開火了！

四架直升機並沒有被船上的炮火擊中，但是卻也震了一下，方局長一揮手，道：「還擊！」

木蘭花清楚地聽到方局長的那一下命令，她立即道：「局長，別忘記高翔在船上！」

「當然記得，蘭花。」方局長的聲音沉穩，他究竟是一個經驗老到的警務人員，「我們先摧毀船上的炮火，才能登上這艘船！」

就在方局長回答木蘭花時，兩架直升機先是向外飛去，接著，機身一轉，在半空之中，迅速地劃了一個弧形，轉返那艘黑船。

當直升機轉返那艘黑船之際，機槍已然怒吼了起來。

機槍子彈像是驟雹一樣，掃向黑船，黑船上的兩尊炮立時變得啞了，但是還有兩尊炮，卻還在不斷地向上發著炮火。

方局長又沉聲道：「低飛！」

駕駛員回過頭來，臉上現出為難的神色來。

低飛，會飛進炮火的射程之內，那是一件很危險的事！

但是，那駕駛員才一回過頭來，還未曾開口，方局長用堅毅的聲音，重複著道：「低飛！」

駕駛員沒有再出聲，他陡地拉下了一個槓桿，直升機便在空中傾側著，幾乎是要向那艘黑船直撞了上去，同歸於盡一樣。

就在那時，直升機的機身發出了一陣劇烈的震盪，幾枚炮彈就在直升機之旁爆炸，而方局長也在此際，按下了機槍的發射鈕。

機槍子彈從炮位的後半部直掃了進去。

在槍聲、炮聲和直升機作快速低降時，機翼所發出的驚人噪聲之中，方局長自然聽不到船上歹徒所發出來的慘叫聲。

但是，他卻看到，至少有兩個人，從隱蔽的地方之中奔了出來，那兩個歹徒卻已中了彈，其中一個，才奔出了兩步，便倒在甲板上。

另一個奔得遠些，他奔向船艙的一扇門，那門本來是半開著的，可是在那人奔到之前的一剎間，卻突然關上，那人用力擂著門。

但是他也沒有擂了多久，便倒在門口了。

方局長命令駕駛員再低飛，他已準備搶登上那艘黑船了，這時，黑船上只有一門炮還在發生作用，有一架直升機的機翼已被擊中，正在迅速地向海中跌下去。方局長忙呼叫著那架直升機的負責警官，他聽得那警官道：「我們已有了準備！」

從那架直升機中，只傳來了那樣一句話，那直升機已經掉進了海水之中，接著，便看到那機中的十多名警員，一起浮上了水面。

這時候，方局長的那架直升機，機輪離黑船的甲板只不過幾呎了，機槍向最後的一個炮掃去，炮聲在突然間停止。

方局長的直升機已停在甲板上，他可以清楚地看到，在小型的機關炮上，伏著兩個歹徒，那兩個歹徒的身上，每人至少中了幾十發子彈。

方局長的直升機一登上了甲板，另外兩架直升機也迅速地降落，每一架直升機中，都有十多名警員，一登上甲板，便一起跳了下來，各自找到了隱蔽的地方躲了起來。

剛才，在船上，在半空之中，還是充滿了各種各樣驚心動魄的聲響，可是這時，卻突然之間靜了下來。

只有在海面上，傳來落在海中的警員相互之間的呼叫聲，他們是在呼喚著同伴，游近那黑船，以便攀上船舷來，船上的警員也早已拋下繩索。

方局長在一塊鋼板的掩蔽之下，仔細地打量著那艘船，他認得出，這艘船，一定是一艘小型的巡洋艦經過改裝而成的。

方局長曾參加過第二次世界大戰，而且，曾在海軍中擔任過職位相當高的聯絡官，是以他對這種英國製造的小型巡洋艦，可以說是十分熟悉。

那時，所有的艙門都緊閉著。警方已完全佔領了甲板部分，但是歹徒仍然盤據在艙內，厚厚的艙房，決不是普通的槍彈所能摧毀的。歹徒自然也是料到了這一點，才負隅頑抗的。

但是方局長並不怕這一點，因為大量的援助力量會從海面上到達，現在唯一要做的，就是不讓這艘黑船駛遠去！

要不然，那警輪的速度，是萬萬追不上巡洋艦的。

是以，他只觀察了半分鐘，便向船尾部分一指，向身邊的警官道：「你帶兩個人，到船尾去破壞船的動力艙。」

那警官一揮手，彎著身，和四個警員迅速向前奔去。

也就在這時，方局長所預料的事發生了，船身突然起了一陣震盪，已在開始行駛了！

方局長的心情也不禁緊張起來，援軍至少要在兩小時之後才能趕到，如果那艘黑船以全速行駛，那麼兩小時後不知可以駛到什麼地方去了！

眼前，他們雖然佔著優勢，但是如果另有一艘受歹徒控制的船隻和這艘黑船會合的話，那麼，他們就可能全部被殲滅在海上！

現在，最重要的關鍵，就是能不能破壞動力艙了！

他望著那向前奔去的警官和警員，幾乎甲板上所有的目光，都集中在他們幾個人的身上，他們自一座鋼梯上，迅速地奔上去。

也就在那一剎間，突然「砰」的一聲，傳來了一下槍響，雖然立時有七八柄手提機槍，對著槍聲傳來處還擊。

但是那帶隊的警官還是受了傷。只見他從那座鋼梯之上，直跌了下來。

他的左眼上，鮮血涔涔而下，他並沒有直跌到甲板上，而是跌下了幾呎，立時又用手抓住了鋼梯，一個警員立時退了下來，扶住了他，兩人一起落到了甲板之上。

方局長沉聲道：「三〇七警官替補！」

一個身形壯健的警官，立時向前竄了過去，他在奔到那鋼梯附近時，先向剛才發槍的地方，掃了一排子彈。

然後，他迅速地攀上了鋼梯，他攀到了鋼梯的盡頭，有三個警員已經先他到達，那地方離動力艙的煙囪，只不過三四呎。

煙囪大約有十呎高，他們無法衝進動力艙，唯一破壞動力艙的可能，就是自那煙囪之中投擲手榴彈。這時，那煙囪中正冒著濃煙，船行也漸漸地快了。

那警官在一個警員的手中，接過了一端繫有一支鐵鉤的繩索向上拋去，他連揮了兩下，那鐵鉤總算才鉤住了煙囪。

方局長大聲道：「掩護他的行動！」

隨著方局長的命令，所有的警員都端過了手提機槍掃射著，他們並沒有固定的掃射目標，但是在數十柄手提機槍交織而成的火網下，船上的歹徒再也沒有法子放冷槍了。

那警官向上攀著，煙囪的鋼壁是熱得驚人的，他的鞋子由於不斷要踏著煙囪的鋼壁，便利他迅速向上攀去，已發出了一股難聞的焦臭味。

而繩索也不覺和煙囪的鋼壁相碰，有好幾處地方已經變得焦黑，看來幾乎要承受不住他的體重了，但見他仍然毫不退縮地向上爬著。

等他來到煙囪上只有兩三呎之際，他自腰間的皮帶上，拔下了一枚手榴彈，咬開了蓋子，一伸手，便拋了進去。

幾乎是他才一拋手榴彈，他的手一鬆，便向下滑了下來，而當他滑到了一半的時候，繩子斷了，他自空中跌了下來。

那警官的身手極其矯健，他雖然是從半空當中直跌了下來的，但是當他的身子在鋼梯旁擦過之際，他一伸手抓住了鋼梯，穩住了身形。

也就在那一剎間，那警官拋進煙囪去的手榴彈也已爆炸了，那是一下悶啞的爆炸聲，但是發出的震盪，卻是極其劇烈的。

整道鋼梯都被震得向上揚了起來，那警官仍然附在鋼梯之上，當鋼梯揚起之際，他雙手一鬆，從空中十五呎高處，向甲板上跳了下來。

他落在甲板上，身形滾動著，又一躍而起。

從那麼高的半空中躍下來，他竟一點也未曾受傷！

而那時候，船身也開始劇烈地震動著，在那煙囪中，火焰夾著濃煙，一起噴了出來，不到五分鐘，一切又變成靜止了。

那警官走到了方局長的面前，方局長嘉勉地拍了拍他的肩頭，道：「三〇七，你幹得好！」

那三〇七號警官的年紀還很輕，這時，他正在高興地笑著，在他的笑容之中，帶著幾分純正，更洋溢著完成任務之後的快樂。

方局長自另一個警官的手中，接過了擴音器，他對著擴音器，道：「船上的所有人聽著，你們是沒有希望的，快投降吧，將手放在頭上走出來！」

在船外發生的那一切驚天動地的變化，高翔是不知道的。高翔仍然坐在那椅上，手、足和頸際，都被厚厚的鋼箍箍著。

高翔所能看到的東西，就是他眼前那幅黑幔。

高翔也聽不到任何聲音，可是雖然如此，他也知道，一定有些什麼不尋常的事發生了，因為第一，已經過了半小時，可是還沒有人來對付他。

第二，他又可以感到，船在突然向前駛去，如果不是一開始就想以全速行駛，那麼，船身是絕不會產生那種劇烈的震盪的。

而接下來的那一下悶啞的爆炸聲和更劇烈的震盪，高翔更可以肯定，那是有重大的意外發生了。

他的心中，不禁一陣興奮。

他並不知道方局長已經率眾趕到。如果他知道的話，他一定更加興奮。

這時，在那一下劇烈的震盪之後，船已停了下來，不再前駛。

但是，在艙中，好像傳來了一陣喧嘩的人聲。

可是，人聲不久也靜了起來。

接著，高翔便聽到，在他的身後，傳來了一陣急促的腳步聲。

從那陣腳步聲聽來，來人的心情一定是焦急而又憤怒的。而且，他也聽出來的人不過是一個人。

不等對方開口，高翔便「哈哈」大笑了起來，說：「有困難了，是不是？我能夠有什麼幫助你們的地方麼，請問！」

他的話才一說完，便聽得他的身後，傳來了一下憤怒的叫聲。接著，他的頭髮便被人揪住了。揪住了他頭髮的人，將他的頭向下拉，那造成高翔極大的痛苦。

高翔立時怪叫了起來，道：「放開你的龜爪！」

那人惡狠狠地說：「聽著，高翔，我先放你回去，但是，你要叫他們一起撤離，我還會再來找你的，而你也頗有意加入我們，是不是？」

高翔冷笑著，說：「叫誰撤離啊？」

「你的那些同伴！」那聲音怪叫著，「他們是怎麼會找到我的船的，是不是你來的時候，用特殊的方法通知了他們？」

高翔還不能完全明白那人所說的「你的同伴」是什麼意思，但是他知道，自己可以有機會脫困了。他笑了起來，說：「你不是無敵的麼？」

那人鬆開了手，惡狠狠地說：「我現在也沒有失敗，只不過我不想在處於劣勢的時候繼續鬥爭，你們無法拘捕我，這裡是公海！」

高翔冷笑道：「難道國際警方也不能夠拘捕你們？」

那人怒道：「少廢話，現在我放你出去，你要令他們立即撤退，這是我的條件，你是不是答應？還是要我先殺了你，再和他們對抗。」

高翔的心中迅速地轉念著，他道：「看來，還是第一個辦法好一些，那麼，你們先將我鬆開來，我才能走出去。」

那人悶哼了一聲，高翔也無法知道那人做了一個什麼動作，因為那人自始至終都在他的背後，但是突然之間，鋼箍已鬆了開來。

鋼箍一鬆，高翔立時站起。

他本來是想在一站起之後，立即轉過頭去，看看那個被稱作「死神」的神秘人物，究竟是什麼樣子的一個人。

可是，他卻沒有那樣的機會。

因為他才一站起來，他的背脊便已被堅硬的槍管頂住，同時聽得兩三個人一起喝道：「向前走，如果轉身，那是自討苦頭。」

高翔聳了聳肩，向前走去。

他才踏出了一步，面前的那幅黑幔便自動移了開來，高翔走出了那艙房，在一條走廊中走著，那幾個人的腳步聲，就在他的身後。

槍口雖然已不再直接頂在他的背脊上，但是高翔卻也可以覺得出，槍口一定離他很近，他來到了走廊的盡頭，那時候，他也聽到了方局長的聲音。

一聽到了方局長的聲音，高翔立時知道究竟是怎麼一回事了，他冷笑著，道：「原來你們的處境已糟到了這樣的地步！」

他再沒有得到什麼反應，只聽那人吩咐道：「將我們的行動告訴他們！」另一個人立時大聲道：「方局長，請聽我們的回答。」

他的聲音，也是通過擴音器向外傳出的。

當他的聲音一傳出來之後，方局長便靜了下來。

甲板上每一個人，都可以聽到那人的聲音，那人繼續道：「高翔在我們的手中，我想，你們也不希望犧牲他的性命的，是不是？」

「將他放出來！」方局長沉聲說。

「可以，但是我們的條件是，將他放出之後，你們要立即撤退！」

方局長冷笑了一聲，道：「在現在這樣的情形下，你們有什麼資格提條件？」

「那倒也不見得，」那人也冷笑著，「你以為我們的船上，真沒有反抗的力量了麼？你們不撤退，我們可以同歸於盡。而且，這裡是公海，我們的行動不合法，你們也未必合法，兄弟！」

方局長深深吸了一口氣，道：「先令高翔安全出來。」

「先答應我們的條件！」

方局長還在遲疑著，一位警官提著無線電通訊儀，來到了他的身邊，低聲道：「局長，蘭花小姐有緊急的話要和你說。」

方局長接過了通話儀，低聲道：「蘭花，這裡發生了一些什麼事，你全知道的了。現在，照你看，我們應該怎樣。」

木蘭花道：「接受他們的條件。」

方局長遲疑了一下，作為一個警務人員而論，在那樣的情形下，接受歹徒的條件，那實在是難以考慮的事，他道：「可是——」

木蘭花立即道：「局長，你們是在公海之中，而且，畢竟在敵船上，你們應該盡量避免犧牲，救出了高翔之後，再通知國際警方對付他們。」

方局長又沉默了半晌，才道：「好！」

他說出了那個「好」字，立時又揚聲道：「條件被接受了，你們應該讓高翔安全離開，來到甲板上，不得有任何陰謀！」

方局長的話，高翔是聽到的。

就在方局長的話一說完時，高翔看到他身後的一個人，越過了他，來到了走廊盡頭的門前，打開了門，接著，在他背後的人，用力在他背後一推。高翔向外直跌了出來。

在他向門外跌出去之際，他順手一撈，想將那推開門的人一起拉了出來，但是，那人的身手卻也是十分靈活。

在高翔伸手向他抓來之際，他身子陡地一轉，又已閃進了門中，接著，那扇門又「砰」地一聲關上了，高翔看到，自己是在船的左艙。

他也立即看到，三架直升機正停在甲板上。

他大聲叫了起來，道：「方局長！」

他一叫，七八名警員和警官便一起向他奔了過來，高翔也向前迎去，來到了船首，和方局長會合。

方局長握住了高翔的手，道：「你沒有什麼事吧！」

高翔笑著，道：「什麼事也沒有。」

他立即又低聲問：「我們還不進去？」

「很困難，」方局長回答，「三〇七警官破壞了他們的動力艙，但是這艘船是小型巡洋艦改建的，普通武器射不進去。」

高翔道：「那我們只好暫時撤退了！」

通訊儀中又傳來了木蘭花的聲音，道：「高翔，你快回來，我有重要的話要問你。」

高翔微笑著道：「我也有重要的話對你說。」

方局長已經揮手叫道：「登上直升機，撤退開始。」

直升機中很擠，因為有一架直升機毀於炮火，原來是四架直升機中的人，集中在三架直升機上，但是直升機還是順利地升了空。

當直升機往回飛去時，他們在半空之中，看到了疾駛而來的氣墊船，接著，又看到了水警輪，在方局長的命令下，船隊也折了回去。

他們也看到，那艘黑船也在緩緩地駛遠去。

可能那黑船另有備用的動力，但是那備用的動力，一定不能使船快駛，是以歹徒才逼不得已，要將高翔放了出來的。

直升機上的警官，紛紛向高翔道賀，賀他脫了險，高翔則向他們道謝。

直升機一在警局的空地上降落，高翔立時飛車到了醫院，而他到了醫院之後，見了木蘭花，第一句話便道：「蘭花，那卷錄音帶，已經不在我身上了。」

木蘭花坐在病床上，望著高翔，道：「事情發展到了現在這一地步，高翔，我看賽車冠軍屬於誰，已不很重要的了。」

高翔聽得木蘭花那樣說，實是由衷地佩服！因為木蘭花在傷了腿之後，一直只是留在醫院中，可是，她對於整個事情的發展，卻還一樣保持著十分正確的看法。

他頓了一頓，道：「可以那樣說，但是，賽車冠軍也不是完全沒有作用的，如果他們收買我成功，再加上一個榮譽市民，那就十全十美了。」

「經過的情形怎樣？」木蘭花直截了當地問。

當木蘭花在知道了「死神宮殿」出現之後，她已經知道發生的是什麼事，是以她根本不必再多問，她所要知道的，只是經過的情形！

高翔將經過的情形，詳細說了一遍。

木蘭花和安妮兩人用心地聽著，安妮不住咬著手指，木蘭花在高翔講完之後，道：「這樣看來，他們還要來找你！」

「是的，我想他們放我出來，也不是因為在船上他們真佔了劣勢，而是他們要給我更多的考慮時間，去接受他們的收買。」

木蘭花「嗯」地一聲，道：「有這個因素在內，如果你不答應的話，他們自然要除去你，而再對另一個接替你的人下手！」

高翔道：「是，他們已有過那樣的表示了。」

木蘭花深深地吸了一口氣，道：「高翔，現在你可以有足夠的時間來準備接受他們的收買，你明白我的話是什麼意思？」

高翔的心中陡地一動，他立即就明白了。

那其實也是他早想到過的。當他只有半小時的限期，來考慮他的決定之際，他就想到過，如果他有足夠的準備，那麼，他就可以在他的身上，裝置一塊假的皮膚來接受烙印。

現在，木蘭花提醒他的，顯然就是這一點了。

是以，他立時道：「我明白。」

「他們可能立即就來找你，你還是快一點去準備的好，在你未曾準備好之前，最好你不要單獨行動，以防突然的意外。」

高翔點了點頭，道：「我可以和幾個警員在一起，由他們保護我的。那麼秀珍是不是還有必要，再參加這場賽車呢？」

「有必要的，正如你所說，收買你，是他們主要的目的，奪取賽車冠軍，是他們次要的目的，我們要使他們完全落空！」

高翔點著頭，站了起來，向安妮笑了一笑，道：「安妮，聽方局長說，推測到我是在海面上，全是你的功勞，你真的長大了！」

安妮高興得紅了臉，但是她卻也學會了木蘭花的謙虛，她道：「那不算什麼，倒是在船上出力最多的那位警官，十分了得。」

「是的。」高翔點頭，「這位警官，是才接受警官訓練畢業的，他的編號是三〇七，他姓洪，名叫洪智，是一位傑出的人才。」

木蘭花催促著他，道：「你該去了，高翔，你還可能遭到很多凶險，如果不將這個神秘組織徹底摧毀，我們都不得安枕。」

高翔握著木蘭花的手，又望了她好一會，才離開了病房。

木蘭花像是十分疲倦地閉上眼睛，安妮低聲道：「蘭花姐！」

木蘭花「嗯」地一聲，安妮又道：「蘭花姐，你的意思是，當敵人再和高翔哥哥接觸時，他還應該去和敵人見面？」

木蘭花仍然不睜開眼來，只是點了點頭。

安妮苦笑著，道：「我不明白，好不容易將他救了出來，他為什麼還要再去和敵人接觸，如果他又落到敵人手中，還不是一樣。」

木蘭花微笑著，道：「那就大不相同了。第一，上次他是在毫無準備的情形下，被敵人脅持走的，而這次，他是有備而去。」

木蘭花睜開眼來，又道：「而這一次，敵人難以再去脅持他，他和對方見面，一定是自動前去，那麼，就增加了對方對他的信任。」

安妮道：「可是那烙印——」

木蘭花笑道：「那太簡單了，他可以在手臂上或者大腿上，先貼上一塊幾乎難以辨得出的假皮膚，再來接受烙印，我叫他立即準備去。」

安妮就是因為未曾想通這個關鍵，是以心中才十分焦急，這時，她大大地鬆了一口氣，因為高翔是她敬愛的人，如果高翔真的被人烙了一個烙印在身上，那對他來說，實在是不可想像的事。

就在安妮的臉上，也展開了微笑之際，「砰」地一聲響，病房的門突然被人推了開來，安妮和木蘭花立時抹頭看去。

用力推門進來的正是穆秀珍。她還穿著賽車時的衣服，她甚至未曾洗過臉，臉上全是油污，她一進來，便揮著手道：「佟寧的車子真不錯！」

木蘭花望著她，覺得又好氣，又好笑。

安妮忙道：「秀珍姐，又發生了一件大事，你可能還完全不知道，高翔哥哥——」

穆秀珍實在心急，安妮還未曾講完，她已經一口氣問了七八聲「什麼事」了。安妮用最簡單的語言，將發生的事講了一遍。

穆秀珍頓足道：「安妮，你這小鬼，怎麼不告訴我？」

「我不是一見你就告訴你麼？」安妮眨著眼。

「我是說為什麼不早告訴我！」

「秀珍，」木蘭花說：「若不是安妮口快，我現在也不想告訴你，大賽車明天中午就舉行，你快去洗一個澡，好好睡上一覺。」

「我睡不著，太興奮了，蘭花姐，我和那輛車簡直成為一體了，蘭花姐，明天中午，你來不來看我出賽？」穆秀珍充滿希望地問。

「來，我和安妮都來。」木蘭花回答。

穆秀珍高興得拉著安妮的手，團團亂轉了起來。

但是木蘭花的心情絕不輕鬆，她想到賽車手的激烈爭鬥，想到高翔未可知的遭遇，這一切，都令得她心中長長地嘆一口氣！

7 大賽車

高翔回到了辦公室，大賽車快舉行了，他的工作十分繁忙，但是他卻將例行的公事一起推開，而獨自關在化裝室之中。

他在肩頭上、左腿上以及背後，各貼了一塊假皮膚。那塊假皮膚不很厚，但高翔在假皮的背面，又加了一層石棉，那樣，就算火炙的話，也不會受到真正的傷害。

而且，高翔也作了試驗，那假皮膚在高溫之下所發出來的那種焦臭的氣味，和真的皮膚發出來的，並沒有什麼不同。

以高翔的機警、能力而論，他已經吃過了一次虧，自然不會再落入敵人的手中，但是他卻要故意落到對方的手中，從中加以徹底地摧毀！

如果不那樣做的話，那麼，他幾乎每一分鐘都要小心提防，而對方又會不斷地進行暗算，他完全無法過正常的生活了。

高翔自化裝室中走出來之後，一個警官已迎了上來，道：「高主任，秀珍小姐已打了好幾次電話給你，她請你無論如何要聽她的電話。」

「她在等著我聽電話？」高翔問。

「不，她說等一會再打來。」

高翔點著頭，回到了辦公室中，他回去了不多久，電話鈴便已響了起來，高翔拿起了電話，他首先聽到了陣陣跑車的噪聲。

高翔皺了皺眉，那電話自然是從新公路的開放段打來的了，接著，他便聽到了穆秀珍的聲音，穆秀珍在嚷叫道：「高翔，你好啊！」

高翔呆了一呆，他並不知道穆秀珍那樣說是什麼意思，而就在這時，穆秀珍又迫不及待地道：「高翔，我已到蘭花姐那裡去過，安妮將一切全告訴我了。」

高翔苦笑了一下，道：「我被人擄走了，還有什麼可說的？」

「別提這件事了，高翔，」穆秀珍的話講得又快又急，「明天早上，你來不來看我出賽，我想，我一定是賽車的冠軍了！」

高翔聽得穆秀珍那樣說法，不禁搖了搖頭。

他道：「秀珍，這是一場國際性的大賽車，高手雲集，你還是第一次出賽，怎可以那樣誇大呢？我明天自然要來的，但我主要的任務，是要維持秩序！」

穆秀珍像是根本未曾聽到高翔在說些什麼一樣，她只是自顧自地道：「我的車號是七〇七號，我已將車身噴成了金黃色。」

高翔笑了笑，道：「秀珍，我建議你別太緊張，今天晚上好好輕鬆一下，那麼，明天奪取冠軍的希望就更濃了。」

「唉，」穆秀珍嘆了一聲，「我知道，但是你想想，叫我不要緊張，這不是比登天還難麼？所以，我還是多練一下車的好。」

高翔笑出了聲來，真的，如果穆秀珍竟能在今天晚上好好輕鬆一下的話，那麼，她也不是穆秀珍了，她可能緊張得一晚睡不著。

高翔沒有再說什麼，只是說道：「沒有別的事麼？」

「沒有了，再見。」

高翔放下了電話，他打那個電話，還不到兩分鐘，可是在他的辦公室外，已等著四五個警官，有事來向他請示了。

高翔一直忙著，在忙碌中，他也期待著那個神秘的犯罪組織，再派人向他接頭，可是，一直到了深夜，仍然沒有動靜。

高翔在和木蘭花通了一個電話之後，也不回家，就在辦公室的長沙發中，和衣躺了下來，他實在已很疲倦，是以躺下之後不久，就睡著了。

那一天早上，天氣晴朗，大賽車舉行的日子到了。

那真是本市居民的一個大日子，機關、商行、學校全部放假，方便市民參觀賽車，所有的交通，都作了特別的安排。

天才一亮，大批大批的市民便擁向新公路，朝陽升起，陽光映在寬闊平坦的公路上，整條公路，簡直是一條銀灰色的帶子一樣，直伸向天際。

在賽車的起點，人潮洶湧，兩旁的看臺上，早已擠滿了人，遲來的人，紛紛爬上了樹，等到樹上也爬滿了人時，人又湧向附近的山頭。

整條公路旁全是人，附近的山頭上也全是人，至少有十五萬人，從市區湧到公路來，觀看這一場轟動國際的大賽車。

這條新建成的公路，本來就是環形的，賽車當局計劃的路程，是十二個圈，共計路程，是六百七十哩，也就是說，賽車好手要經過兩小時以上的角逐，才能夠判定誰是冠軍。

賽車是在上午十時正就開始，但自九點鐘起，一輛一輛的賽車，便已排在賽車的起點，每一輛賽車出現的時候，看臺上上萬的觀眾，便報以歡呼聲和掌聲，擴音器中，也播出賽車手的姓名和簡歷。

電視、電台和報紙的記者，穿梭也似來往著，趁機訪問著各國的賽車名手。

九時四十五分，擴音器中傳出了激動的聲音，道：「請大家注意，七〇七號金黃色的車子，由本市的賽車手穆秀珍小姐駕駛，她是本市的唯一代表。」

所有的人都轟動了，歡呼聲、掌聲，長久地持續著。

安妮也揮著手，竭力叫著。

她幾乎連喉嚨都啞了，穆秀珍穿著全套淺黃色的賽車裝，手中托著頭盔，站在車旁，她的長髮束成了一束，真是英姿颯爽。

有很多人湧向前去，要求她簽名，所有的記者，幾乎都圍到了穆秀珍的身邊，雲四風在車旁，不斷和各記者解釋著。

等到九時五十三分，所有的車輛全集齊了，汽車的引擎聲震耳欲聾，雲四風才滿頭大汗，擠到了看臺，在木蘭花和安妮的身邊坐下。

安妮一看到雲四風，便問道：「秀珍姐是不是很緊張？唉，要不是人那麼多，我也擠出去，和她講幾句話，也是好的。」

木蘭花坐在輪椅上，她的臉上卻是保持著冷靜的微笑，道：「別傻了，你又不是沒有和她講過話，四風，看到高翔沒有？」

雲四風搖頭道：「沒有啊，唉，人實在太多，太亂了，我看高翔一定忙得連氣也喘不過來了，啊，你看，這不是高翔麼？」

雲四風的話才說了一半，高翔已然出現了。

木蘭花和安妮連忙循雲四風所指的看去，他們看到高翔穿著全套便衣警官的制服，胸前掛滿了各種各樣的獎章，陪著市長，從貴賓席上走下來。

市長來到了賽車起點之前，剎那之間，所有的聲音全都靜了下來，車聲也靜了，市長來到了擴音器旁，發表了簡短的談話。

然後，高翔將一輛金光閃閃的剪刀，遞給了市長，市長在橫過公路的紅緞帶中，剪了一剪，紅緞帶剪斷，歡呼聲和掌聲足足持續了好幾分鐘。

然後，擴音器中又傳出了宏亮的聲音，道：「請各位注意，本市第一次舉辦的大賽車，在槍聲之後，便正式開始！」

擴音器宣布之後，每一個人的心情都緊張了起來，從看臺上看下去，很難分辨出賽車手的面目，除了頭盔和衣服的顏色不同之外，幾乎每一個人都是一樣的。

穆秀珍的車子被排在第三行，那是抽籤的結果，她的雙手穩定地握住了駕駛盤，她直視著前面，準備一聽到槍聲，便立即向前衝去。

有經驗的賽車手都知道，在百哩路程的賽車中，開始時的快慢，都不是太重要的。許多優秀的賽車手，甚至故意在開始的時候落後，使得車子的引擎運轉順利之後，再發揮車子的全部性能。

但是，穆秀珍卻不是一個有經驗的賽車手！她非但不是一個有經驗的賽車手，而且，她還是一個心急的人，是以她早已作了打算，一開始便衝向前去，不能落後。

她專心一致地望著前面，可是就在這時候，她又好像覺得身邊有人在不斷地注視著她，穆秀珍忍不住轉過頭去，望了一眼。

她突然轉過頭去時，在她右側的一個賽車手，本來是在凝視著穆秀珍的，這時，立即轉頭望向前面。

這兩天來，穆秀珍幾乎全在練車，她已經認識了大部分賽車手和他們的車子，但這時，穆秀珍卻發現在她旁邊的那輛車子，十分陌生。

那是一輛銀灰色的車子，和她所駕的金黃色的車子，恰好成為一個強烈的對比，那車子又矮又長，輪胎比別的車子都來得闊，一看便知道是一輛好賽車。

而車上的那個賽車手，戴著頭盔和風鏡，也看不清他的面目，只覺得他的臉型很狹長，而且，他的雙目之中，似乎有著一股陰森的光芒。

穆秀珍只向他看了一眼，也沒有多加注意，便立時轉回頭去，就在那一剎，「砰」地一聲，槍聲已然響了起來。

隨著那一下槍聲，所有車輛都發出了怒吼聲。

一共有五十六輛車。五十六輛賽車齊聲怒吼，所發出來的聲響，實在是震耳欲聾的。

前面兩排的車子才一移動，稍稍有了一點空隙，穆秀珍的車子，便「呼」地一聲，在四五輛車子的空隙之間，直穿了過去。

她迅速追過了在她前面的車子，金黃色的車子，簡直像一股旋風一樣，在平坦的公路上向前捲了過去，只有她一輛車子遙遙領先。

安妮在看臺上，看到了這樣的情形，高興得拍起手來，道：「蘭花姐，你看，是秀珍姐的車子最快！」

木蘭花皺了皺眉，道：「安妮，路程的總長將近六百哩，有什麼用？秀珍實在太心急了，那並不是好的政策！」

安妮卻不同意，道：「蘭花姐，那也不一定，好的開始，就是成功的一半，我如果參加賽車，我也一定要爭取第一的。」

就這幾句話工夫，所有的賽車早就駛遠了！

帶了望遠鏡來的觀眾，紛紛舉起望遠鏡來，在高高瞭望臺上的評述者，道：

「帶頭的是七〇七號車，七〇七號車是本市車手穆秀珍小姐駕駛的，最接近她的是十七號車，十七號車由法國賽車手蒙斯駕駛，再後面是日本賽車手。現在，已轉過了第一個彎，七〇七號車在轉彎的時候，車身曾略略傾側，但是仍然是在最前面。」

在賽車駕駛出去之後，高翔略略鬆了一口氣。

這天天未亮起，他就來到了賽車的現場，而直到現在為止，他幾乎一停也未曾停過，這時，他想擠過人群，和木蘭花去說幾句話。

就算他穿著高級警官的制服，但是他想要在人群中擠過去，也不是一件容易的事，因為看臺上的人實在太多了！

他一直向前看著，他已看到了木蘭花、安妮和雲四風三人，他向他們三人看著，可是他們三人卻未曾看到高翔。

高翔心中不禁暗嘆了一聲，他停了下來，抹了抹汗，就在那時候，在他的身後，突然傳來了一個十分低沉的叫聲，道：「高主任！」

高翔轉過身來，在他的身後，是兩個身形壯碩的陌生人，高翔有點不耐煩地道：「什麼事？我認識你們麼？」

那兩個人笑了一下，他們的笑容，是陰沉而不懷好意的，其中一個道：「高主任，有句話和你說，在這裡，不怎麼方便！」

高翔一聽得他們那樣說，心中便是一動。

他轉過身來，道：「你們，是死神派來的？」

那兩個中年人立時點了點頭。

自從脫險後，高翔便一直在等候著「死神」再派人來找他，可是他卻未曾想到，對方的人會在現在那樣的情形下出現！

他有點憤怒地道：「你們看不出我很忙麼？」

那兩個人道：「自然，但是這件事，對高主任來說，卻是極其重要，比任何的事情都重要，高主任，死神已離開了他的宮殿，就在這裡！」

高翔的心中一凜，這傢伙的膽子真不小，在賽車的場地附近，至少有上千名警員，但是他竟敢在這裡現身，和自己會晤。

高翔抬起頭來，又向木蘭花所坐的地方望了一眼。

他想先告訴木蘭花一下，再去和「死神」會晤，但是那樣一來，必然使「死神」起疑，是以他道：「好的，你們帶我去。」

那兩個陌生人轉過身，向前走去。

高翔跟在他們的後面。

當高翔跟著那兩人擠過人群時，他聽得擴音器中傳來的聲音更是緊張，道：「三輛車子一起追近七〇七號車，其中七十三號，追得十分近，但七〇七號又增加了速度，七〇七號已駛了大半個圈，始終領先，緊跟著的是七十三號，七十三號車，由義大利好手昆士蘭所駕駛。」

高翎吸了一口氣，他們一起向前走著，不一會，來到了看臺的另一邊，那兩人向上一指，道：「看到沒有，死神就在上面。」

高翔抬頭向上望去。

他才向上看了一眼，便不禁一怔。他看到了很多熟面孔，那些人，大都是他曾在「死神宮殿」中見過的，足有二十人之多。

前來參觀賽車的，各種各樣的人都有，那二、三十人的臉上又未曾寫著字，他們混在觀眾之間，自然是不會惹人起疑的。

而「死神」一定是在那些人的中間，那些人佔據了好幾排座位，那麼，「死神」的前後左右，就全是他的自己人了。

在那樣的情形下，自然也不會有外人聽到他們的談話。

但是，令得高翔奇怪的是，他們傾巢而出，如果「死神」真在他們之間，那麼，他是憑什麼認定自己一定會加入他們的？

如果自己一翻臉，那麼，他們一定一網成擒，從這一點來看，「死神」所冒的險，實在是太大了，而且是十分不智的事。

高翔的心中暗自疑惑著，他站定了身，道：「死神在什麼地方，我曾和他講過話，然而他始終在我的背後，我並不認識他。」

那兩個人道：「你向上走去，在你經過他身邊的時候，他自然會吩咐你的。」

高翔略為表示不滿地哼了一聲。

這時候，和在「死神宮殿」中不同，他可以說是佔著上風的，而對方還要安排那樣神秘的會面方式，分明是對他的輕視！

但是，高翔卻也沒有說什麼，他向上走去，當他來到了那些人之間的時候，那些人都以一種異樣的眼光，望定了他。

高翔仍然無法知道這些人之間，哪一個才是這個神秘組織的首腦，因為他只聽過他的聲音，但並未曾見過他是怎樣的一個人。

就在那時，在高翔不遠處的兩個人，各偏了偏身子，騰出了一個座位來道：「高主任，請坐。」

高翔向那兩人看了一眼。那兩個人，自然全是那神秘組織中的歹徒，但是看他們的情形，卻可以肯定他們一定不是首腦。

高翔略想了一想，就走了過去，在那兩人之間坐了下來。他才一坐下，便聽得他身邊的兩人道：「高主任，請望向前面，別轉頭。」

高翔陡地一呆，他已聽到在他後面一排的座位上，有人在更換著座位，高翔立即明白了，「死神」的確是在這看臺之上！

「死神」混在那些人之間，當高翔坐定之後，他才掉換座位，坐到高翔的背後來，那樣高翔仍然看不到他，但是他們卻可以進行談判！

這時，賽車的吼叫聲，已隱約可聞了。

那表示，第一圈，已快駛完了。

賽車的速度實是驚人，從才聽到賽車引擎的吼叫聲，到賽車的出現，當真是一剎那間的事，是突如其來的。

陡然之間，一輛金黃色的車子，箭一樣射了過來！

那輛車子的車頭上，「七〇七」三個號碼在閃閃生光。穆秀珍仍然駛在最前面，而緊跟著她的，一共有三輛車子之多。

那三輛車子相互之間的距離十分近，而且互相追逐著，忽前忽後，但是和穆秀珍的車子卻始終保持著十多碼的距離。

穆秀珍的車子在歡呼聲和掌聲中疾駛而來，又在歡呼聲中陡地轉了一個彎，車子在急速的轉彎中，發出刺耳的聲響來。

車子一轉過了彎，又在歡呼聲中，像一支箭一樣，向前射了出來，擴音器中，評述員的聲音很激動，道：

「本市賽車手穆秀珍小姐，首先跑完了第一，時間紀錄是二十分零七秒四，她的速度，每小時兩百哩以上，現在，仍然是她的車子遙遙領先！」

等到穆秀珍的車子又飛馳得看不見了，高翔才聽得背後傳來了他早已聽得十分熟悉的，那陰沉的聲音道：「你以為穆秀珍可以得到第一麼？」

高翔想轉過頭去，可是他身旁的兩個人，立時斜了斜身子，他們的手放在口袋之中，毫無疑問，他們的手中，握著手槍。

高翔沒有再動，他答道：「至少，她現在是第一。」

他背後的那聲音又道：「你剛才看到在她後面的那三輛車子沒有？駕駛那三輛車子的人，全是我的人，他們隨時可以追上她的。」

高翔冷冷地道：「你的手下就算得了冠軍，也是沒有意義的事！」

那聲音笑了起來，道：「對，你說得是，要緊的是高主任肯投向我們，高主任，你已有足夠的時間考慮過了，怎麼樣？」

高翔皺了皺眉，道：「現在就決定？」

「當然是，不然，我何必到這裡來，和你見面？高主任，你一有了決定，現在就可以簽署文件，我們將烙印器也帶來了，那是用電的。」

高翔沉聲道：「在這裡，你們怎能在一個高級警官的身上烙印？」

「那很簡單，你將手伸向左邊，我們的人，便能在你的手腕上，替你烙下印記，平時，你可以用你的手錶遮去了這個印記的。」

高翔的心中，不禁又驚又怒！

因為直到如今為止，對方的一切行動，似乎處處都高他一著；他已在身上貼上了兩處假皮膚，然而對方卻又有了變卦。

高翔沉住了氣，道：「我記得，在你的那艘船上，你好像說，烙印記的地方，是可以由得我自己來選擇的，你難道忘了？」

那聲音怪聲地笑了起來，道：「我自然不曾忘記，但是現在情形不同了啊，高主任，你想想，難道我會蠢成那樣，不防到你的身上貼上一些假皮膚來騙我？」

高翔被那人一句話道破了他的秘密，他的心中不禁更是氣惱，他立時厲聲道：「你別得意，我只要一聲高呼，你們一定逃不了的。」

那聲音笑了起來，道：「高主任，我發現你對我的估計太低了，對敵人估計太低，並不是一件好事，但是那也好，將來你在接受我的領導時，也可以心悅誠服。」

高翔氣得幾乎立時要高叫了起來，只要他一叫，「死神」和他的手下，唯一的辦法，便是製造一場混亂，但他們脫身的機會，仍是微乎其微的。

但是，高翔卻忍住了沒有叫出來。因為他想到，「死神」既然說得那樣肯定，總是有恃無恐的，而他卻還不知道，對方是恃著什麼，才能那樣毫無所懼的。

他冷笑著道：「我看不出你有什麼有恃無恐之處。」

那聲音道：「第一，我們每個人身上都有槍。」

高翔冷笑道：「那只有使你們每個人都死在警方的槍下，並不增加你們逃生的機會。」

那聲音道：「但是，高主任，你可曾想到過，如果槍聲一響，聚集在這裡的兩三萬人會怎麼樣，在混亂之中，警方有什麼辦法執行任務？有多少人會在混亂中被擠死？這個責任，高主任，只怕你也負不起吧！」

高翔聽了，不禁悶哼一聲，講不出話來。

那聲音又道：「而且，剛才我已提醒過你了，緊隨在穆秀珍車後的三輛車，全是由我的人駕駛的，你明白這表示了什麼？」

高翔的心中陡地一動，他雙手不由自主握緊。

那聲音道：「我想你明白了，那三輛車子，他們的目的，並不是在爭奪冠軍，他們的任務是緊隨穆秀珍，穆秀珍跑第一，他們就一定要跑第二、第三、第四。穆秀珍跑第七，他們便要跑第八、第九、第十，以便隨時可以追上穆秀珍！」

高翔深深地吸了一口氣。他已經感到事態異乎尋常地嚴重了！

他並不出聲，而在他的背後，那聲音仍然陰陽怪氣地在說著，道：「賽車本來就是死亡的遊戲，在賽車之中進行謀殺，對於一個有經驗的賽車手而言，是最容易不過的事，只要小小的技巧，逼得對方的車子失事，就可以達到目的了！」

高翔只覺得自己的手心中在冒著汗。

那聲音又道：「而我們有三輛車跟著穆秀珍，也就是說，要讓穆秀珍的賽車失事，真是易如反掌，高主任，你同意我的說法？」

高翔緩緩地吁出一口氣來，仍然不出聲。

那聲音道：「所以，高主任，你可以考慮的時間並不多，等到跑到第十個圈時，如果你仍然未曾作出決定，那麼，我的人會接到通知，他們的車上，都裝有無線電通訊儀，他們就會採取行動，那時，在賽車道上，就會發生慘劇了。」

高翔勉力鎮定著自己心中的怒意，他緩緩地道：「你是一頭卑劣的畜牲。」

那聲音笑著，道：「說得太重了，高主任，我只不過想證明兩件事，第一，我在這裡，是絕對安全的，我有著雙重的保證。第二，你處處都比不上我，逃不出我的安排，你承認麼？看，車子又開來了！」

車子又駛回了，那是第二圈了。

穆秀珍的車子，仍然在最前面。可是，緊隨在她後面的車子卻有七八輛之多，那三輛車子也在其中，這許多車子，幾乎是在同時間轉過了一個彎的。

在轉彎的時候，穆秀珍的車子被另一輛車子陡地超越，而穆秀珍的車子，又立時追上了去，兩輛車幾乎是並頭前進，觀眾的呼叫聲是如此之熱烈，將賽車發出來的噪聲也一起掩了過去，漸漸地，穆秀珍的車子又超出了半個車身。

但是那輛車子卻又趕向前去，評述員的聲音都啞了，他不斷地道：「和穆秀珍展開激烈競爭的，是澳洲賽車手魯特的車子，魯特曾是法國大賽車的冠軍，現在，兩輛車子的時速，都超過了兩百五十哩，這實在是罕見的競爭。」

高翔凝視著車子的遠去，他看到在他手邊的那個人，自座位下提出了一個小小的手提箱來，打開了箱蓋，箱內是一個蓄電池。

那是一個強力的蓄電池，那人又從箱中取出了一柄烙鐵來，翻過來，向高翔揚了一揚，道：「高主任，看到沒有，只是一個小小骷髏的印記，一印上，我們就是自己人了，而你也立即多了一個一百萬美金的銀行戶口，這太簡單了。」

高翔沉著聲道：「我不是可以考慮到第十個圈的麼？」

「是的，」那人說：「但是你沒有不決定的可能，為什麼不早一點下決定呢？」

高翔怒道：「那是我的事，你最好閉嘴！」

那人聳了聳肩，不再多聲，他將那烙鐵放回了手提箱，又合上了手提箱的箱蓋，高翔站了起來，道：「我要離開一會。」

高翔已沒有別的辦法可想了，他唯一的辦法，便是立即設法使穆秀珍退出賽場！

雖然，那幾乎是不可能的事，在那麼緊張的賽車中，穆秀珍根本不可能聽到外界任何的聲音。

他才一站起，他身邊的兩人也跟著站起。

高翔趁機回頭看了一眼，在他身後的「死神」一定早已走了，因為他看到的，只是一個猩猩一樣的巨人，在對他傻笑。

跟著他一起站起來的那兩個人立時道：「高主任，你想令穆小姐退出賽車，是不是？那只是使慘劇發出的時間提早而已。」

高翔沉聲道：「我是維持秩序的總負責人，不能離開太久，我去交代一下，立即就回來，再詳細考慮你們的條件，總可以吧。」

「不可以。」那人道：「除非你先接受烙印，那只要半分鐘的時間就夠了，高主任，再一次地提醒你，你沒有考慮的餘地！」

8 最後冠軍

天氣並不熱，但高翔卻覺得在他的背脊上，汗水不斷地滲出來。對方的那種安排，實在太惡毒，也實在令人難以對抗了。

高翔本來就知道，要令正在疾駛中的穆秀珍退出賽車，是一件極其困難的事，而現在，那些人，卻根本不讓他離開。

這時，高翔可以輕而易舉，指揮上千名武裝警員。但是，事情也正如剛才「死神」所說的那樣，在十多萬人聚集的場合，如果一有什麼變故發生，那將會造成本市有史以來最大的慘劇！不知有多少人會在混亂中喪生，高翔自然不能引起那樣的混亂。

他向木蘭花所在的地方望去，可是他看不見木蘭花，看臺上的人實在太多了，遮住了他的視線。高翔的心中苦笑了一下。

在如今那樣的情形下，他倒寧願看不見木蘭花，因為他看不到木蘭花，木蘭花自然也看不到他，那樣，反而好些。

如果木蘭花可以看到他的話，那麼，以木蘭花的機警，一定可以知道他的處境十分不妙，但是，木蘭花卻也是一樣無可奈何，只有徒增焦急！

高翔勉力使自己鎮定，他冷冷地：「剛才，我聽到的話，好像是說，我可以考慮到穆秀珍的跑車跑到第十圈，是不是？」

在他身旁的那人道：「但是你不能離開。」

高翔聳了聳肩，他的內心雖然焦急無比，但是他的外表，看來卻仍然十分輕鬆，他道：「這對我來說，是一件極大的大事，我總得利用我所能利用的時間，來作慎重考慮。」

那人冷冷地道：「高主任，如果你是在拖延時間的話——」

高翔立時怒道：「放屁，我何必存心拖延時間？我可以不到這裡來見你們的，如果你們對我有懷疑，那麼就不必再考慮了！」

高翔的態度一強硬，那人略呆一呆，反倒軟了下來，笑道：「高主任，在我們還未成為自己人之前，懷疑總是免不了的！」

高翔憤然坐了下來，他身旁的兩人也跟著坐了下來。

高翔的心中在迅速地轉著念，他知道「死神」就在那些人之間，如果他能突然出手，制住了「死神」，自然可以解決問題了。

可是他面對著的，是一個狡猾的敵人，因為直到如今為止，他還是只聽過「死神」的聲音，而未曾知道他是怎樣的一個人！

那也就是說，他無法突然出手制住「死神」，因為他根本沒有動手的目標！

高翔又向身邊座位下，那手提箱望了一眼，他的手心仍淌著汗。

就在那時，突然聽得至少有好幾千人一起高呼了起來，高翔連忙抬頭看去，只見一輛黃色的賽車突然失去了控制，衝向路邊的沙包。

那輛車的賽車手，顯然是在竭力想使車子停下來，車子在急速的前進中，突然遭到緊急剎車，整輛車子都橫了過來。

那輛車子在快要開始第二個圈時，是駛在最前面的、緊隨著這輛車子的，正是穆秀珍的那輛黃色的七〇七號車！

那輛車子在路中心打起轉來，穆秀珍的車子卻以每小時兩百哩的速度，就要撞了過來，眼看兩輛車子一定要相撞了！

在那時候，所有的人幾乎都站了起來，發出了驚天動地的呼叫聲來，這種呼叫聲，實在令得任何一個人心中都為之戰慄！

因為這實在是太緊張了，每一個人都握緊了拳，有的人甚至閉上眼睛，不忍觀看兩輛賽車相撞的慘劇。

高翔也大叫了起來：「秀珍！」

但是高翔的大叫聲，完全湮沒在人聲之中，幾乎連他自己也聽不到自己的叫聲。而就在那一剎間，只見穆秀珍的車子，突然車頭一側。

在她的車子車頭側轉時，她的車子幾乎已傾斜了四十五度角，只見左邊的兩個輪著地，只要她的車再傾多一點，那一定整輛車子都翻轉了。但是，她卻控制住了車子，使之傾側得恰到好處。

車子發出尖銳的聲響，在路面上擦過。

當那一剎間，幾萬個人，沒有一個人發出聲響來，人人都屏住了氣息，是以車子的輪胎在路面擦過的那種尖銳的聲響，人人可聞。

然後穆秀珍的車子又恢復了四輪貼地，在那樣驚險的過程中，她甚至沒有改慢速度。四輪貼地之後，車子彈了幾下，引擎怒吼聲持續著，像是旋風一樣，向前轉了過去。

穆秀珍避開了一次極度的凶險，那一半是她的技倆，另一半，也可能是由於她的幸運。

她才一避開了凶險，所有的觀眾，都鬆了一口氣。

但是，那至多不過是一秒鐘的時間，緊隨在穆秀珍車後的那三輛車子，本來是一起散了開來，一輛貼在路左，兩輛貼在路右，向前狂衝了過來。

那三輛車子散開，自然是為了避開那輛還在路中心打著轉的車子，他們距離那輛車子較遠，是以可以較早一些應變。

然而就在那一剎間，那輛橫在路中心的車子的駕駛員，顯然不甘心就此退出比賽，他還想竭力搶救，是以，他的車子又發出了怒吼聲，再向前駛去。

可是他卻不是向前面衝去，而是衝向路左！

所有的觀眾幾乎都目擊慘案的發生！

那輛車子才一滑向路左，貼著路左駛來的那輛車，以極高的速度撞了上去！

「轟」地一聲巨響，兩輛車子一起在路邊翻滾著，撞到了堆在路邊的很多沙包，隨著轟然巨響，兩輛車子立時發生了爆炸。

其他的賽車，卻像是根本未曾發生了意外一樣，仍然呼嘯著，在那兩輛正在燃燒著的車子之旁轉了出去，轉過了彎，開始他們第三圈賽程了。

剛才一連串的意外、驚險，令得評述員也停止了評述，直到這時，才聽到他的聲音，在救護車的急馳聲中響了起來。

他在道：「第三圈開始，現在，領先的仍是本市賽車手穆秀珍小姐，剛才出事的，是義大利賽車手和美國賽車手的車子，救護人員已在展開急救！」

救護車和消防車趕到失事車子的旁邊，消防車立時噴出了大量泡沫，救熄了火，為了防止泡沫影響路滑，又有很多工人，弄破了沙包，將沙撒在路面上，救護人員已經將兩名賽車手，自毀壞不堪的車中拉了出來，警員也奔向前去，維持秩序。

當時兩個賽車手被抬上擔架的時候，人人都可以看出，那兩個人早已死了！

高翔最先坐了下來，在他身邊的人，仍然緊張地站立著。

高翔知道他們為什麼緊張，因為那兩個失事的賽車手中，正有一個是他們的人。他們安排了三個賽車能手來對付穆秀珍，但是現在，剛才的意外，已使其中的一個喪生了。

當然，高翔的心中也很明白，那並不代表穆秀珍的處境有任何的改變，在那樣劇烈的競賽中，賽車道上有三個凶手和兩個凶手，作用是完全一樣的。

但是高翔的心中，也感到了一陣快慰。

而且，當高翔坐了下來之後，他身邊的人仍然站著，在注視前面之際，他的心中一動，他立時伸出左手去，握住了那手提箱的柄，將箱子向他移近了些。

那箱子是一具強力的蓄電池，和一個有著骷髏印記的電烙鐵，高翔對於那種蓄電池的構造相當熟悉，他知道要破壞那樣的蓄電池，並不是什麼困難的事。

他只要將連接蓄電池的烙鐵之間的小股電線割斷一股的話，電烙鐵就難以發生作用了。

而現在，當他四周圍的人都緊張地注視著前面的情形之際，也就是他動手腳的最好機會了！

他真有點後悔自己似乎動手得太遲了。

他一將手提箱移近他自己，便立時打開了箱蓋，他在他的皮帶中，擠出了一片鋒利的刀片來，他不望向那手提箱。

他只是憑他手指摸索，摸到了那小股電線，然後，他迅速地用夾在手指中的刀片切割了下去，當他割斷電源的一剎間，一股電流，令得他的身子不由自主劇烈地一震。

但是他割斷的，只是小股電線中的一股，電流雖然令得他的身子震動，但是不足以使他觸電致死。

他忙縮回手來。

那時，在他身邊的人也已坐了下來。

在那一剎間，高翔的心中實在緊張得可以，他全身的肌肉，都像是捆緊了的弓弦一樣，因為他還未曾來得及闔上那手提箱。

如果被對方發現，他曾打開那手提箱，並且做了手腳的話，那麼，他就不會有那樣的機會了，而且，對方既然已坐了下來，他自然也不能用手去合上箱蓋了！

高翔的心神顯然極度緊張，但是他卻知道，自己這時要做的是什麼。他這時要做的，就是吸引左邊那人的注意力，儘管他的舌頭很僵硬，他還是道：「你們已經損失了一個人了，是不是？死神先生呢？我想他的心中，一定很難過了！」

高翔一面說著，一面慢慢地伸過腳去。

那人悶哼了一聲，瞪視著道：「要對付穆秀珍的話，一個人也夠了，我們損失了一個人，實在不算得什麼！」

高翔點頭道：「你說得對！」

他一面講，一面腳尖在箱蓋上用力點了一點，箱子的彈簧鎖發出了「啪」地一聲響，鎖已鎖上了。

當彈簧鎖發出「啪」的一聲之際，高翔真有頭髮都豎了起來的感覺，因為只要那人聽到了那一下聲響，去檢查那手提箱的話，他就糟了。

如果是在寂靜的環境中，那麼，那人自然會聽到的，可是這時，人聲嘈雜，即使他們互相之間的談話，也要提高聲音才聽得到，那人根本未曾聽到那下聲響。

高翔鬆了一口氣，坐得離開那人一些。

就在這時，高翔的身後，突然又傳出了「死神」低沉的聲音，道：「高主任，考慮好了沒有？第三個圈已快跑完了！」

高翔哼地一聲，道：「如果你不是用謀殺穆秀珍來威脅我的話，我可能早已答應了！」

那聲音笑了起來，道：「如果不是我用這個方法，你可能根本不考慮！當你烙上了我們的印記之後，你就一定是我們的人了。」

高翔道：「那麼，你何必心急？」

那聲音道：「心急的是你，高主任，我想，如果給你看一些驚險的鏡頭，那麼，你的考慮會快一點。」

高翔陡地轉過頭去，道：「什麼意思？」

他以為他突如其來地轉過頭去，一定可以看到在他身後和他講話的「死神」了。卻不料他轉過了頭，看到坐在他身後的，仍是那露著傻笑，猩猩一樣的大漢。

高翔不論在什麼情形下，都可以肯定，那智力不會超過猩猩的大漢，不會是「死神」！

是以他不禁陡然一呆，因為「死神」不可能那麼快就離去的。

但是，他立即明白了，因為那大漢的手中，拿著一個小形的無線電對講機！「死神」並不是真在他的背後，「死神」的聲音，只不過是通過無線電對講機傳過來的！

高翔陡地想到了，一股被戲弄的憤怒，和上了當的狼狽。

他立時轉回頭來，「死神」的聲音在他的背後響起，道：「哈哈，高主任，我早已說過，你不是我的對手，現在你總該承認了吧，我說的驚險鏡頭，是要我的兩個賽車手，先表現一下他們的技巧。」

高翔緩緩地吸了一口氣。他自然知道「死神」那樣說是什麼意思，那是說，他要穆秀珍先遭到一點驚險，然後，令得高翔屈服。

而高翔也已打定了主意，就在他看到了那些驚險鏡頭之後，他就假裝屈服，來接受烙印，他自己燃了一支煙，吸了一大口。

那時，賽車引擎的吼叫聲又已傳回來了，穆秀珍的車子仍然在最前面，在她車子之後的，是六七輛距離很近的車子。

然而，突然之間，在那六七輛車子中，有兩輛陡地加快了速度，竄了上來，那兩輛車子在那剎間所達到的速度，估計在每小時三百左右！

他們在不到十秒鐘之內，就在穆秀珍的車子兩旁掠過，穆秀珍也在那時陡地增加了車速，她又追上了它們，三輛車幾乎是一起疾駛而來的。

而那兩輛車，離得穆秀珍的車子十分接近，穆秀珍這時，緊張得連氣也喘不過來，在感覺上，她不像是駕著車在和人家競賽，倒像是在和人家賽跑一樣，車子已成了她的一部分，她不斷地加大油門，車子像是要飛了起來一樣。

但是那兩輛車子始終在她的旁邊，而且漸漸向她擠了過來。左邊的那輛車子的車葉板，突然之間和穆秀珍車子的車葉板擦了一下，發出極其難聽的一聲來，穆秀珍大叫了一聲。

可是，她的叫聲，連她自己也聽不見。因為那時，三輛車子的效能幾乎都發揮到了極點，引擎發出的聲音，足以將任何的聲響蓋了過去。

而就在那時候，右邊的那輛車子，又陡地越過了穆秀珍的車子，就在穆秀珍的車子之前駛著，而且，速度仍在不斷地加大，轉眼之間，已快到轉彎處了。

在轉彎的時候，如果穆秀珍不能超越前面的那輛車，她就只好搶到路中心去，可是，在她左面的那輛車子又緊緊逼著她，使她無法將車子駛向路中心，而那輛車子在轉彎的時候，一定會更向左擺。

在那樣的情形之下，穆秀珍的車子只有三個可能，一個是被擠出路去，撞向路邊的河裡；一個是和她左邊的那輛車子相擠；第三個可能，則是她不顧一切地加速，撞向前面的那輛車子。

而不論她怎麼做，結果卻只有一個：

車毀人亡！

穆秀珍在那一剎間，實是又驚又怒！

而在那一剎間又驚又怒的，自然不止她一個人，木蘭花的面色陡地變得十分難看，在木蘭花身邊的安妮和雲四風，卻一起驚呼了起來。

安妮揮著拳，尖叫著道：「他們在做什麼？謀殺麼？」

木蘭花也緊張得說不出話來，這時，看臺上的每一個人都可以看得出，一定有什麼意外發生了。

穆秀珍一咬牙，陡地加速，向前衝去。

那是典型的穆秀珍性格，她絕不肯給人家擠出路去，她根本不必考慮，就選擇了相撞這一條路，而且，一樣要撞的話，她寧願撞向前面。

就在她的車子陡地加速，眼看要和前面的車子相撞的那一剎間，在她前面的那輛車子，突然離開了路邊，向路中心衝了出去，讓出了路來。

穆秀珍的車子，以極高的速度緊貼著路邊，突然轉了一個彎，颼地向前穿了出去，突然領先，又向前風馳電掣而去！

看臺上的幾萬人一起鬆了一口氣。

安妮激動地道：「蘭花姐，快設法停止這場賽車，他們要殺秀珍姐，你難道沒有看出來麼？」

雲四風臉色灰白道：「那要找高翔！」

木蘭花忙道：「別忙，就算是市長下令，賽車也無法中止的，我看其中一定有什麼變化，剛才的情形，只不過是一種威脅！」

「威脅？」安妮和雲四風一起問。

「是的，高翔在什麼地方？我們在看到他陪著市長剪綵之後，就一直未曾見到他，我料想，他現在正和那些歹徒在一起。」

雲四風和安妮兩人，立時翹首四望。

但是，在幾萬人中，即使高翔穿著政府的警官制服，要發現他，也不是容易的事，何況高翔這時，正在他們視線不及之處。

高翔和別人一樣，在看到穆秀珍前面的車子跌向路中心，讓出了路邊之後，鬆了一口氣，「死神」的聲音又在他身後響起，道：「怎麼樣，高主任，是不是很精采？同樣的情形，在我的指揮下，隨時都可以出現，如果剛才，前面的那輛車子不是突然讓開的話，旁邊的車子再一逼，穆秀珍就要成一團焦炭了！在這樣的情形下，你還有什麼考慮的餘地？」

高翔抹了抹額上的汗——這一點，他倒絕不是做作，因為剛才的驚險情形，的確使他出了一身汗，他嘆了一聲，道：「好吧！」

他將左手伸出去，同時，將他的手錶向上捋了捋。

在他左邊的那人，伸手捉住了他的手，同時將手提箱打了開來，取出那電烙鐵，按下了一個掣，將電烙鐵按在高翔的腕背上。

他道：「高主任，在半分鐘後，你會覺到疼痛，但是你一定可以忍得住，而且，那時間極短，只不過十幾秒鐘而已。」

高翔只悶哼了一聲，他並沒有再說什麼，又吸了一口煙，他那支煙，已只剩下一個煙蒂了，但是他卻並不將之拋去。

他將煙蒂伸向他的左腕，同時用右手巧妙地遮住了煙蒂。

當煙頭燙到了他的左腕時，他痛得身子陡地震動了一下。而在那時，一陣難聞的焦臭味道飄了出來。

那陣難聞的焦臭味，實在是他手中的煙蒂灼焦了他的皮膚時所發出來的，但是那人卻滿意地笑了起來，道：「不是很痛，是不是？」

高翔自然感到了疼痛，但是那電烙鐵卻根本未曾熱，因為高翔早已割斷了其中的一條電線，高翔怒道：「好了沒有？」

那人拿開了電烙鐵，高翔立刻彈開煙蒂，縮回手來，同時，他也站了起來，用衣袖蓋著手腕，道：「行了，已完成了，是不是？」

只見在人叢中，一個身形很瘦小的中年人擠了過來，伸手向高翔握著，道：「恭喜，恭喜，你是我們間的一員了！」

高翔一聽到他的聲音，便認出他就是「死神」了！「死神」自然是認為高翔已接受了烙印，再也不能背叛他了，是以才現身相見的。

高翔的心中，只覺得好笑！但是，他卻一點也不敢將他心中的好笑顯露出臉上，他臉上裝出一副無可奈何的神情來，道：「我很願意接受你的領導，你是一個了不起的人。」

那中年人奸猾地笑著，道：「現在，你可以離去了，我們會再和你聯絡的，如果你和我們在一起久了，會惹人起疑的。」

高翔忙道：「說得是！」

他一面向外走去，一面還揮著左手，表示他的左腕還十分疼痛，他的左腕的確十分疼痛，因為煙蒂已在他的手腕上，烙起了一個大水泡！

高翔才一擠下看臺，雲四風和安妮便已看到了他，向他揮著手，叫嚷著，兩個警官來到了高翔的身邊，道：「高主任，蘭花小姐在叫你。」

高翔也向安妮他們揮了揮手，他低聲吩咐道：「你們別轉頭向上看，但是記得你們現在所站的位置，向上數去，第六、七、八、九四行，每一行在這個位置，都有七八個人，全是匪黨，我不能肯定他們有多少人，你多派些便衣探員，立即進行跟蹤，他們可能不等散場的時候就離去，全將他們扣起來，要小心，他們身上都有槍，如果身上沒有槍的，另外看管，只要查明他們是本市的市民，就可以放人，並向他們說明因為事態嚴重，才要這樣的緊急措施。」

那兩個警官用心聽著，高翔才一說完，他們便轉身走了開去，等到高翔擠過人叢，來到了木蘭花的身邊時，已看到足有三五十個便衣探員在那看臺之下了，而且，歹徒也在三三兩兩的離去，高翔得意地笑了起來，他成功了。

他將經過的情形向木蘭花講了一遍，木蘭花雖然不輕易表示她心中的高興，但是聽到後來，她也禁不住為之眉飛色舞！

他們聽完了高翔的敘述，跑車已跑到了第六圈了，到了第六圈上，競爭更加劇烈，一起轉過彎的有六七輛車子之多。

其中有兩輛車子，在轉彎的時候，車身碰擦了一下，都向沙包撞去，觀眾又發出了震耳欲聾的怪叫聲來，其中一輛車子的車輪，還直飛了出來。

幸而，那兩輛車子的駕駛人都有著卓越的技術，是以車子一撞在沙包上之後，立時停了下來，賽車手立即從車中爬了出來。

穆秀珍的車子，也在那六七輛車子之中。

然而，穆秀珍卻並沒有佔著絕對的優勢，至少有三輛車子在她的前面，由於車速實在太快了，也根本看不清楚，一下子就呼叫著駛過去了。

那時，參加角逐的車子已只剩二十多輛了。

很多賽車手在跑完了第五個圈之後，落後了幾乎一個圈之多，已明知沒有希望，而自動退出了，有的車子因為機件損壞，而不得不退出競賽。

歐洲聯合汽車公司的佟寧，也來到了木蘭花的身邊，他的神情，看來比任何人都緊張，他頻頻問道：「穆小姐有希望得冠軍麼？」

可是卻沒有人回答他，都用望遠鏡觀察著遠處的車子，第八個圈，第九個圈，很快已到了最後一圈了！

當最後一圈時，穆秀珍已顯著落後了，有四輛車在她的前面，她顯然盡力追上去，可是那四輛車子的速度，卻快得驚人。

第十個圈，是速度最高的一圈，當車子轉過了大彎，漸漸接近終點時，幾萬觀眾的情緒，簡直已到了沸點，人人都站了起來，呼叫著，吶喊著。

可以看到車子駛近的時候，穆秀珍的車子在第三位，她盡力在向前追著，很快地，她追上第二輛車，兩輛車並頭駛著，距終點更近了。

終點的評判員，已將大旗高舉了起來，他準備車子一駛過終點線，便立時推下旗來，穆秀珍的車子，離第一輛車越來越近了！

可是，第一輛車在最後的一百碼，以驚人的速度向前衝去，「呼」地一聲越過了終點線，大旗揮下，旗還未舉起，穆秀珍的車子也掠過了終點！

大賽車的結果，冠軍是一位法國賽車手，跳出賽車後的第一件事，便是緊擁著也是從車中出來的穆秀珍。

而當他知道穆秀珍竟是第一次參加大賽時，他打著自己的額頭，說那簡直是不能相信的事。

佟寧也擠到了穆秀珍的身邊，雖然是第二，但是他也心滿意足了。自然，雙份高興的是高翔。

當他回到警局時，一共是四十三個歹徒，連「死神」在內，都已經在拘留所之中了。

他們幾乎是毫無反抗的情形下，在個別離去時就逮的。在他們的身上，都搜出了手槍。

當高翔和方局長走向拘留所時，「死神」大叫道：「高翔，你手腕上也有烙印，你也是我們的一分子，你也有罪。」

高祥笑著，揚起手腕來，說：「在哪裡？」

「死神」睜大眼睛，一句話也說不出來。

這些人，他們被控告的罪名並不嚴重，只是「非法藏械」而已，因為警方雖然明知他們的罪案累累，但是卻也沒有證據。

「非法藏械」罪，可以使他們各自入獄兩年，但是兩年之後，是不是會有更尖銳的鬥爭，那就不是高翔現在所能料定的了。

而高翔已經在考慮，第二天在市政府大堂頒獎時，應該如何維持秩序了。

請續看《木蘭花傳奇》24 還魂

倪匡奇情作品集

木蘭花傳奇23魔畫（含：魔畫、死神殿）

作　者：倪匡
發行人：陳曉林
出版所：風雲時代出版股份有限公司
地址：10576台北市民生東路五段178號7樓之3
電話：(02) 2756-0949
傳真：(02) 2765-3799
執行主編：朱墨菲
美術設計：許惠芳
業務總監：張瑋鳳
出版日期：2024年5月
版權授權：倪匡
ISBN ：978-626-7369-66-1
風雲書網：http://www.eastbooks.com.tw
官方部落格：http://eastbooks.pixnet.net/blog
Facebook：http://www.facebook.com/h7560949
E-mail：h7560949@ms15.hinet.net
劃撥帳號：12043291
戶名：風雲時代出版股份有限公司

風雲發行所：33373桃園市龜山區公西村2鄰復興街304巷96號
電話：(03) 318-1378　　傳真：(03) 318-1378
法律顧問：永然法律事務所 李永然律師
　　　　　北辰著作權事務所 蕭雄淋律師

行政院新聞局局版台業字第3595號 營利事業統一編號22759935

定價：299元

國家圖書館出版品預行編目資料

魔畫／倪匡 著. -- 臺北市：風雲時代出版股份有限公司, 2024.02　面；　公分.（木蘭花傳奇；23）

ISBN : 978-626-7369-66-1（平裝）

857.7　　112021905